鹿鸣馆

ろくめいかん

[日] 三岛由纪夫 著

陈德文 译

广西师范大学出版社
GUANGXI NORMAL UNIVERSITY PRESS

辽宁人民出版社

目录

鹿鸣馆（四幕悲剧）

时间

明治十九年（1886）十一月三日

天长节[1]上午至夜半

地点

第一幕　影山伯爵邸内潺湲亭

第二幕　同第一幕

第三幕　鹿鸣馆大舞厅

第四幕　同第三幕

人物

影山悠敏伯爵及夫人朝子

1　天皇诞生日。

大德寺侯爵夫人季子及女儿显子

清原永之辅及儿子久雄

飞田天骨

女管家草乃

宫村陆军大将及夫人则子

坂崎男爵及夫人定子

侍务长[1]山本

侍者川田、小西等

工匠松井

女佣 A、B

*

伊藤博文及夫人梅子

大山岩及夫人舍松

英国海军副提督哈密敦、海军士官等

清朝陈大使及其一行

舞会上其他宾客

1　日语原文为“给仕头”，照顾进餐者吃喝的主管人员。

第一幕

明治十九年十一月三日，天长节上午十时。

影山伯爵宅邸宽广的庭院内，小山顶端坐落着茶室潺湲亭。舞台近处细流涓涓，周围分布着秋菊、飞石、洗手钵和竹水管。茶室下首，可以窥见小山坡上的后门和门房；上首可以尽情远眺日比谷练兵场。连缀着飞石的道路，自下首而来绕茶室一圈，通往上首。茶室檐端悬挂着古旧的匾额“潺湲亭”。

幕启。茶室障子门敞开。一位女佣在廊缘上摆放五六只坐垫，另一位女佣布置茶点。

不一会儿，女管家草乃拿着望远镜，陪伴女宾们自下首上场。走在前头的是大德寺侯爵夫人季子及其女儿显子。紧接着是宫村陆军大将夫人则子、坂崎男爵夫人定子二人。她们一律着正装礼服。

草乃 小姐、夫人，请先在这里休息一下吧，我家夫人马上就来。

季子 好的，好的。请不用客气。

则子 望远镜请借我一下。

草乃 请。（给则子望远镜，下）

（随着风声不时听到上首远方传来军乐声）

则子 （将望远镜朝向上首）啊，好漂亮！军帽上的羽毛真多呀，正随风飘荡呢。

定子 看到您的夫君了吗？

则子 咳，那么多军帽中间……

定子 不过，陆军大将也没几个人啊。

则子 哦，看到啦！丈夫那副胡子，今天一早抹了好多发胶，都翘到耳朵上去喽！……正对着这边瞧呢。（放下望远镜，握在胸前）怎么办？要是知道我们在这里偷看阅兵式……

定子 没关系，从那里是看不到的。（接过望远镜观望）

季子 瞧见这家男主人了没有？

定子 不看看他总是不好啊，如今我们都在这座宅子里做客呢……哎呀，好大的灰沙，茫茫一片，整个练兵场……啊，尘埃飘远啦。这家男主人影山伯爵在哪里呀？他要是抬起手做个手势什么的就好了。

季子 他肯定在陛下的天篷下边。

定子 天篷下是无法看清楚的，即使坐得稍远的人，也只能看到大礼服光闪闪的前胸，面孔都被天篷遮挡住了。

则子 （对季子）大德寺侯爵不来参加阅兵式吗？

季子 唉，他呀，从头到脚都高雅得出奇，什么马队啦，军队游行啦，他都害怕看到。

定子 （继续用望远镜窥视）骑兵队游行开始了。嘀，好威风啊，先头的天皇旗清晰可见。（军乐高奏）风裹着尘沙又向这边吹来了。（将望远镜交给显子）小姐，请瞧瞧吧。

显子 （一直沉默不语，婉拒）哦，算了，我不要……

季子 这孩子倒也是父亲的女儿呀。（随即拥着显子坐到茶室的廊缘上。其余二人用望远镜瞭望）

显子 影山先生的夫人怎么还不来呢？

季子 她是有意迟到啊。她是个很用心的女人，看到夫人们都在瞭望自家夫君的姿影，她就有意避开。每年天长节的早晨，我们到宫中朝贺回来，都会聚到这座宅子来。这已成了习惯。这里比天子所在的地势高出不少，要观看阅兵式，最理想不过了。而且，每逢天长节，为何总是碰上这种晴暖的小阳春天气呢？冬天到来之前，秋令最后的花季之日，菊花飘香。早晨纯净而干爽的空气……请看，（手指着客席）这座广阔庭院里所有的树木、湖水的光芒、正屋平缓而宽大的屋顶，还有湖心岛上姿态优雅的小松树……看上去，仿佛每个角落，都有幸福的女神平心静气地住居着。（和婉地）你那悲戚的面颜，同眼前的风景颇不相宜。

显子 那么，照妈妈的说法，满怀悲伤的人，就没有资格欣赏美好的风景了吗？幸福的人是不需要什么风景的。

季子 照你的说法，这家主人也不幸福喽。

（则子、定子来到茶室，一同坐在廊缘上）

则子 影山先生的夫人没有参加这次天长节的朝贺会吧？难得夫人相伴左右的习惯，终于在日本也成为可能了，但是……

定子 可她不出席今晚鹿鸣馆的晚会，倒是太奇怪了。又不是别人，而是她的夫君影山伯爵主持这个晚会啊。我们去劝劝她，今夜无论如何……

季子 不行不行，您想想她能出席吗？一个心性倔强的人，一旦决定不来，是绝不会改变的。

则子 不过，伯爵要为难了。这位运筹帷幄、将鹿鸣馆玩于股掌之中的交际能手，夫人却在极力拉他的后腿。

定子 （悄声地）怎么可能是拉后腿呢？她还不是觉

得不好意思吗？人家可是新桥的花魁，必须遵循一定的法度，我们哪里懂得？有一次，我们不也是睁一只眼闭一只眼，听从了她的任意安排吗？

季子 说到哪里去了呀？绝不是那么回事。我相信我比谁都更了解她。她是新桥名妓出身，自那时起，她就是一位精通男女情恋的专家。其实，我们女人多多少少都堪称这方面的博士，不是吗？男人们可以说是工程师，我们女人就是负责学术理论的……因此，她厌恶政治，厌恶一切公式化的东西。大凡公式化的事务，都是造谣说谎的开端。男人们撒谎，都是在公式化的世界养成的。

则子 那么说，花柳界就是撒谎拐骗的世界了。

季子 在那种地方，一个弱女子要保护自己，只有撒谎。为了学习撒谎，女人们必须像男人一样，主动到公众场合亲自见习。但是她厌恶到那种地方去。

定子 这么说，我们这些人比起她来更喜欢撒谎喽？

季子　我就是如此。她可不一样。她在任何地方都注重朴素的感情……她的夫君，绞尽脑汁，屡次热心地拉她去公众场合就座，为她请来舞蹈师，请来法国裁缝。她的夜礼服比我的多得多，都在壁橱里睡觉呢。我可以保证，她的交际舞没话说，她的洋装十分优雅。但她却顽固地拖曳着长袖广裾的和服。但凡公众场合，不管什么地方，决不露面。

定子　在这个美好而崭新的时代里？

则子　这可是几百年来，女人们第一次见到天日的新时代啊！

季子　嗯，不过，谁都不可对别人的爱好说三道四。

则子　（窥望下首）来啦，来啦！正走在泉水边的路上呢。

显子　到底还是来了呀！

季子　（对女儿）好，你不用急，只管听我吩咐。

（这家女主人——影山伯爵夫人朝子，随草乃自下首上场。她身穿和服，长袖广裾，纤手褰裳，全然一副贵妇人装扮）

朝子 大家好。实在抱歉，让你们久等啦。

季子 用不着这么客套。刚才我们正在商量，看有没有好办法将您拉到鹿鸣馆的晚会上去呢。

朝子 您可真会开玩笑。我这么一个旧派女子，怎么能到那种华丽的地方去呢？

定子 这么漂亮的庭园，真是百看不厌哪。

朝子 哪里哪里，好久没有收拾了。不说这些，宫村夫人，您看到您夫君的身姿了吗？

则子 嗯，看胡子就知道了。

朝子 那胡子真的很漂亮啊。

则子 丈夫一天到晚只顾拾掇他的马和打理他的胡子，烦死人啦。即便自己的爱妻穿戴如此华丽，他也不肯瞧一眼呢。

定子 好啦，不能再耽搁啦，我必须在丈夫参加完阅兵式回来之前赶回家中。

则子 我也是。好不容易来一趟，今天就到这里吧，对不起，告辞啦。

朝子 我送你们到门口。

季子 我有件事要跟您说说。

朝子 那么……啊，草乃，你叫女佣送送夫人们吧。（草乃从茶室的一间房间里喊出先前那位女佣，送两位夫人出门）……那么，我就不送了，再见。（则子和定子一边招呼，一边向上首走去。对着季子母女）不进去坐吗？到室内可以慢慢聊嘛。（草乃将两张椅子搬进茶室，季子母女进屋坐在椅子上。朝子进来坐在座垫上。草乃适时地退回别的房间）

季子 您用这一手对付她们两个，真是妙极啦！伪善一旦到您的手中，就变成一束香艳的鲜花。

朝子 瞧您说的。我送的花儿只是投其所好罢了。

季子 您可真厉害啊！我今天来，想跟您谈谈我女儿的事，这件事全指望您多多帮忙呀。我想让女儿好好生活在这个新时代，我要使女儿拥有一个我们未曾拥有的人生！因此，这孩子的爱情，也就是我的爱情。

朝子 这么个天真无邪的大小姐，已经开始恋爱了吗？

季子 可不是嘛，这孩子的父母都出身于公卿家庭。

祖上长袖善舞，这孩子也喜欢过激。真正公卿家族的血统，就是过激派的血统。正如有钱人都轻视金钱一样，我们都具有因袭的传统，因而可以轻视因袭。我丈夫的优柔寡断，也是配不上公卿家风的。

朝子 这么说，是在进行着过激的恋爱了？瞧，多么可爱的脸蛋儿。对方怎么样？莫非是蓝眼睛的异邦人……

季子 我喜欢异邦人，可显子不喜欢。（瞅着女儿的脸）

朝子 喜欢那些社会下层的人吗？

季子 不，不是下层的人，不过是那些人的同伙。

朝子 该不是自由党的残余吧？

季子 正是自由党的残余，或许。

朝子 （脸色大变）哎？

季子 您感到吃惊是当然的。那帮人是您丈夫的敌人，据说他们正算计着要您丈夫的命呢。

朝子 啊！

季子 哎，显子，你就全都对阿姨说了吧。自己的事自己讲讲清楚，否则就不能做新时代的女性。

显子 那……那还是夏末的事，霍乱正在流行，父亲禁止外出。于是我便同母亲偷偷溜出来，去观看基亚里尼马戏团[1]的演出。

季子 （对朝子）您看过基亚里尼马戏团的演出吗？

朝子 没，没看过。

季子 啊，那真好看。

显子 母亲和我很久没有外出了，再说马戏又很有意思，心情十分快活。

季子 基亚里尼指挥两匹马跳舞。

显子 两匹马的名字分别叫作菲卡尔和宝弥陀。

季子 马儿踏着音乐跳舞，顶着星光闪耀的头冠，简直就像天马一般。白马的肩肉内部，似乎隐藏着一双羽翼。

显子 最后，一对狮子的表演是马戏团的压轴戏。（对母亲）我和母亲走出筑地的海军技术研究所的天篷。海上，夏月高照，犹如悬挂着一面当当

---

1 明治十九年（1886）和明治二十二年（1889），意大利基亚里尼（chiarini）马戏团两度赴日表演，轰动岛国。

作响的铜锣。

季子 那喧嚣不止的月亮啊!

显子 是我们的内心喧嚣不止。这时母亲才发现,那只法国进口的手提包不见了。

季子 是啊,包里装着一枚钻戒,因为戴在手指上稍大了些,才摘下来放在包里的……

显子 这时候,他走过来跟我们打招呼。一身碎白花和服,外面罩着宽腿裤。

季子 我接过他送来的手提包,向他表示感谢。

显子 谁知他只是露出白牙笑笑,摇摇头。

朝子 那位青年,就是你的对象吗?

季子 是的。在我们再三邀请下,他才答应第二天一同吃午饭。我们的表现或许有失稳重,但那青年实在太招人喜爱了。咳,怎么说呢?拿女人来举例,就如您吧。

朝子 呀……显子的这段关系,没有获得理想的结果吧?

显子 嗯,昨天晚上,他来道别了。他说,此生也许不能再见面了……不管我怎么问他,他都不肯说出理由。不过，我懂了。他今天是要去干一件舍命的事情，特来告别的。

朝子 为什么？那……

季子 自由党的残余一直吵吵闹闹，反对鹿鸣馆呢。

朝子 你们知道那位青年也是自由党？

季子 他父亲是名人。说出名字令人害怕，他就是反政府派的领袖清原永之辅，您不知道吗？

朝子 （心中一震）哦，清原……

显子 他好像有事，虽然离开了父亲的家门，但凭他那副激烈的性格，一定是决心为他的父亲舍命赴死。

朝子 那位青年叫什么名字？

季子 他叫久雄。

朝子 （惊愕）久雄……明白了。我能为你们做些什么呢？怎么才能救显子？请直言吧，凡是我能做到的，什么都行。

季子 如果今天这可怕的一天平安度过，那明天，我想送女儿和那男孩子一起逃往他地，远走高飞。想拜托您的就是这件事。一方面是通过您的双手，巧妙地挽救年轻人的幸福，一方面也是为了您自己……

朝子 为我自己？

季子 对，用您自己的力量救出您的丈夫。久雄君虽然没说什么，但据坊间传言，自由党的目标是要您家老爷的性命。假如久雄君放弃这一使命，同显子一起私奔，那么您家老爷就能远离危险了……

朝子 为了丈夫……这个撇开不说，您想得很周到。首先您就说是为显子小姐好了。既然您把恋爱的事都托付于我，不管有多么困难，我都要为他们开辟道路。只要为了这一点，我就会勇气倍增。你们的爱情之路纵然有大树阻挡，我也要凭着弱女子的双手将它拔除！你究竟作何打算呢？假如久雄君本人出了什么事的话……

显子 我会追随他而去。

朝子 听到你这句话，我也有了自信，不管什么事都可以帮助你。是吧，夫人。那位青年舍弃性命的事，就是说，男人一旦投入其中就会忘掉女人的一切梦想，我们应该凭借女人的力量，将其打碎。

季子 是啊。我们女人应该齐心合力，将野马般的男人的双脚拉回原地。男人一心想毁灭自身。男人所热心追求的，原本应该只有女人，其他都不在他眼里……所以，还要请您多多帮助。

朝子 我知道了。

季子 实在太感谢啦，太感谢啦。好吧，显子，叫久雄君上这儿来吧。

朝子 那青年已经来了？！

季子 我好不容易说服他，将他带到府上来了。让他直接见见您，一旦接触心地善良的人，他那颗被政治冻结的心就会融化，就会将头脑里考虑的事放进心里重新掂量掂量。（从客厅走下庭园，用望远镜对准客席，交给朝子）瞧，池畔的亭子里，不是有人影晃动吗？（拿出扇子）将扇子放在胸前，一张一合，这就是信号。他已经气喘吁吁，跑着登上庭园的石阶了，不是吗？（对女儿）好吧，这两位说话，我们还是

不在场为好。一切都放心地交给这位阿姨好了。回家等好消息。拜托啦，朝子夫人。（草乃由别的房间上场）

朝子 放心吧，小姐。

（草乃陪同季子母女走向下首。同时，久雄自上首上场。穿蓝色碎白花衣服，套宽腿裤，一身青年打扮）

久雄 初次见面，您好。……大德寺母女呢？

朝子 母女俩先回去了，她们认为我们两个单独谈话更方便。

久雄 ……是吗？

朝子 来，请坐。先从哪儿说起呢？对啦……显子为了你的事都急疯啦。她说，您要是出了事，她会立即追随您而去。

久雄 啊……

朝子 回答怎么有气无力的？你不喜欢显子小姐吗？

久雄 不。

朝子 你对我不放心，情有可原。我丈夫是大臣，你父亲憎恨内阁。可以说，你今天跑到敌人的大本营里来啦。

久雄 请您不要提我父亲。

朝子 那好……不用婆婆妈妈说些家庭琐事了，那就像男人一样单刀直入地向你发问，这样可以吗？

久雄 问什么是您的自由。

朝子 那我问你，今天你向所爱的人告别，到底所为何事？

久雄 ……

朝子 看你难于回答的样子，不光是秘密，而且是预先不愿让人知道的惊天动地的大事，对吗？

久雄 哪里，是一件很耻辱的事。

朝子 大丈夫豁出性命干的事，不可自认为是耻辱。不管世上的人怎么看，哪怕是触犯法律之罪。

久雄 好吧，我只说一句，正如您所说，我确实打算舍弃性命。或许，我再不会看到明天的太阳。不过，我这桩毫无意义的行动，只会为历史留下一个小小的污点罢了。

朝子 那么为什么非要舍弃性命不可？

久雄　我厌恶一切理想的东西。旗帜和漂亮的招牌，这类东西我一概厌恶。为了给那些为理想而死的家伙以警示，我要为一点私情私事赴死。尽管如此，这种行为本身，和为理想赴死一样，但要付出更大的勇气和胆略。我相信，我有这样的勇气和胆略。

朝子　那么，显子小姐怎么办？

久雄　请不要让我想起显子小姐。

朝子　你要干什么呢？不妨跟我说说，只是对我一个人，就像跟母亲说话一样。

久雄　这和您没有任何关系。

朝子　不过，你今天或许要杀死影山伯爵，我可是他的妻子啊。

久雄　（冷笑，不作回答）……

朝子　你决心不再搭理我，是吗？（犹豫后，下决心）那么，假如你要杀死的那人的妻子正是你的母亲，你会怎样？

久雄　我没有母亲。

朝子　是吗？（转念一想，为告白而犯犹豫）你父亲同时担负起母爱，将你一手养大成人，对吗？

久雄 （果决地）不对。

朝子 怎么？

久雄 父亲根本不顾家庭。家中一切，从来都是托付给乳母她们照料。父亲的夫人早死了，兄弟五人中，只有我一个不是父亲夫人的孩子，而是一个谁也不认识的女人的孩子。因此，乳母她们一直虐待我一个人。我是在厨房长大的，父亲什么也不知道。父亲是理想家，打算为理想贡献生命。

朝子 哎呀，这些我都不知道。

久雄 别人家的事情，您当然不会知道。随着一年年长大，我越发憎恨父亲。父亲是位优秀人士，无可挑剔的理想家，法国大革命中的英雄式人物，纯粹的自由主义者。然而，理想家的家庭既黑暗又阴惨，见不得人。因此，我对理想渐渐产生怀疑，也就理所当然。一天到晚想脱离父亲的理想之国的我，去年逃出家门，加入了流氓团伙……其余，我不想再说了……哎呀，您为什么落泪？是可怜我吗？为了不让人可怜，我该怎么办才好呢？我可以表扬父亲吗？论起表扬父亲的话，我有千言万语。抛开我的立场、我的人生来说，清原永之辅是个高洁的人物，我从未见过他对人卑躬屈膝。父亲对金钱不感兴趣，是个为理想献身的人物。他是卢梭的信徒，是日本的雅各宾派[1]，众多为自由和平等而勇于牺牲的热血男儿中的一员，是血气方刚的青年们的偶像，不管何时死去，都将是新时代时髦神社中的一尊神灵！

朝子 我明白了，你打算为这位高洁而严冷的父亲赴死，是吗？

久雄 任您去想象吧。

朝子 我也到该袒露个人秘密的时候了。保守了二十多年的秘密，是我从姑娘时代决心一生一世不对任何人泄露的秘密。今天，我全都告诉你吧。

1　法国大革命时期的激进派政治团体，主要领导人有罗伯斯庇尔等。

久雄 我们可是第一次会面啊。

朝子 是的，第一次见到的你，长得如此优秀。其实，初见面时你那阴郁的表情里，正蕴含着我的罪孽……你完全有资格责骂我，用脚踢我……纵然如此，我也无法为自己辩解。幼女时代的我，一直是这么想的。当你父亲为了你将来的成长，提出要把你领回的时候，我虽然感到撕心裂肺般的痛苦，同时也觉得，这样做对你的未来和出世大有好处。那年我们母子硬是被人拆开，我日日夜夜，哭肿了眼泡，一心寻死。但我必须考虑作为男儿的你的将来：你不能成为一个没有父亲的儿子。

久雄 您是说您就是我的母亲？（忖度半晌）我不相信这种闹剧般的故事。

朝子 你当然不会相信的。你只管问好了，无论什么都可以问。你会渐渐明白，我的话没有一句谎言。

久雄 那么我问您——这都是假定——您在把生下来的我交给父亲，脱身而去后，是怎么过来的?

朝子 很长时间，我都是半死不活地度日。

久雄 再后来呢?

朝子 慢慢也就死心了……我做了艺妓。

久雄 再后来呢?

朝子 呀，好严酷的提问啊！没关系，只管问好了。那以后……(转过脸去)渐渐地忘却了。

久雄 哦，您很诚实。这一点，我懂。直到很久以后，您就嫁到这个家来了，是吗?

朝子 ……(无言地点点头)

久雄 (不由一阵激动)由于您的遗忘，我才得以成长。我的身子天生具有一颗悲伤和苦恼的心脏。您知道，自我能记事时起，我没有一天不在思念我那位神秘的生身母亲。那正是您将我完全遗忘的时候。(忽然醒悟)我真蠢，对于这场难以置信的闹剧，我竟如此激动万分。

朝子 (沉静地)我很清楚，你背部右侧有一颗红叶形状的小黑痣。你左边的膝盖有一道细小的伤痕……某个夏日的午后，我哄你睡觉，自己竟然迷迷糊糊睡着了。这时，醒来的你爬过来，不小心被剪刀刺破了膝头，到医院缝了两针……我真是个粗心的母亲！你要是一直在我身边，未必成长得像今天这般出类拔萃。

久雄 （再度激动，极力抑制感情）够了，够了。您什么都知道，什么都明白。您肯定是我的母亲，我保证。我总可以保证吧！……拜托了，我请您暂时沉默。

（长时间沉默）

久雄 ……你曾爱过我的父亲吗？

朝子 是的，打心眼里爱慕过。

（沉默。——突然，上首传来殷殷的炮声）

朝子 这是什么？

久雄 天长节的礼炮。近卫炮兵队发射百发礼炮中的第一颗炮弹……这么说，现在也还是吗？

朝子 哎？

久雄 现在您还爱父亲吗？

朝子 自从忘记自己是个母亲以后，我又重新做了一回女人。你会觉得太可怕了吧？自那时起，我每天每月……

（号炮再次轰鸣）

久雄 什么？

朝子 我年年月月，越来越深刻地思念你的父亲，再也忘不掉他。来到影山家后，这种心情依然没有改变。我明知对不起自己的丈夫，但除了你父亲以外，再也没有爱过其他任何一个男人。见不到他之后，越发……

（号炮声再度传来。——沉默）

久雄 我今夜要杀的不是您的丈夫。

朝子 哎？

久雄 我今夜想暗杀的是我的父亲。

——**幕落**——

第二幕

当日午后一时。舞台皆同第一幕。幕启，朝子和草乃站在一起说话。

草乃 夫人，请再告诉我一下时间。

朝子 （从衣带里掏出小小金怀表，打开盖子看）一点了。老爷还没有回来，到内阁午餐会时就会回来的。在这之前，无论如何，都必须结束这场谈话。草乃，没错吧，全都运筹好了吧？

草乃 哎，那件事已经万无一失。

朝子 后门门房，也都关照到了？

草乃 不用操心。（说罢，转头向茶室那边走去，向下首张望了一下）夫人，守门人正挥动手巾给我们打招呼呢。他们终于来了！

朝子 赶紧回个信号，快！

（草乃挥动手巾。两人背向客席，时时向内窥探，又回到前台）

朝子 那位先生来啦！那位先生来啦！草乃，我是不是在干着什么见不得人的丑事？简直就像在与男人密会。

草乃 怎么可以这么说呢？不管怎么说，您是要在这关键时刻救清原先生、久雄少爷，还有显子小姐的命呀。

朝子 可你想想，草乃，那位先生渐渐上了年纪，会变得越来越帅气。每当听人讲起他来，我总在脑子里描绘着他现在是啥模样。这些年我一直闷在家里不出去，根本原因就是不想再见到他。到了今年，我突然使唤你叫他来，他的样子会变得怎么样呢？我的心情即使不变，但他一眼望见我，还不是觉得我又老又丑吗？

草乃 您还是那么年轻，那么美丽……

朝子 你不用安慰我。他喜欢和服还是洋装呢？他猛烈抨击内阁，极力反对兴建鹿鸣馆，看来一定厌恶洋装，这就像老爷喜欢“主义”呀，“思想”呀什么的，两者没什么不同。要是他厌恶和服，眼下我这副长裾拖曳的打扮又如何能去见他？……啊，我的心就像小姑娘一样怦怦直跳。快把手镜给我照照看。你瞧，草乃，为了向他报告一件大事，我变得意气风发，衰老都未能爬上我的容颜，刻上更加清晰的皱纹。到了这把年纪，还想将真诚和青春一并呈现于他眼前，可也真是叫人难为情。为什么呢？因为只有作假才会显得年轻，而这种假象会消减宝贵的真诚。

草乃 放心吧，夫人。您的决心就像朝阳从内部喷薄而出，您饱满的容颜闪现着青春的光辉，根本不需要涂抹口红……来啦！听到登上石阶的脚步声了。

朝子 好，马上请到这边来。在我同他说话的时候，务必将早晨用的望远镜对准正屋方向，监视老爷的到来。

（正说着，一身西装打扮的清原自茶室后面上。草乃陪客人进来之后，遵照夫人吩咐，将望远镜瞄准正屋）

朝子 欢迎，请到这边来。就请坐到廊缘上吧，免得惹起额外的麻烦。

清原 久违，久违。

朝子 您果真没变……是的，一点都没变。头发还是那么亮，那么黑。

清原 没看我腰都弯了吗？我之所以不显老，或许多亏政府的镇压吧。不论哪个国家，被压迫的民众，总比统治者显得年轻。我一直是这么看的。不过，对于你奇妙的青春，用这种理论就解释不通了。

朝子 您是真年轻，我是假年轻。简直就像昨天刚见过面一样，说起话来快人快语的，同二十年前的您一模一样。到底怎么回事？我说起话来，也感到轻松自如，刚才还在想，见到您时，该不会讲不出话来吧。

清原 这都是日积月累的结果，我们总惦记着有朝一日，能够重新回到往昔快乐的日子。我们将会再见面的。于是，自那时起，往昔的日子就已经开始。纵然稍有眩晕，但乘兴而往，忽而又感到身轻如燕。

朝子 是这样吗？奇妙的是，我丝毫不觉得别扭，只感到自由自在。空气忽然变得香甜起来。简直就像走出混杂而憋闷的屋子，忽然来到广阔的原野……我们为何会如此自然地走到一起呢？

清原 那是因为你长期远离自然的感情，不是吗？

朝子 这肯定无疑。我之所以将爱看作一种窒息，只因为我的想法过于天真。请看，站在久久望着的您的面前，我的手臂丝毫没有颤抖，反而比平时更加充满活力，感觉就像一双羽翼。

清原 （拉住她的手）你可不能凭借这双羽翼离我远去。纵然你不能飞离，可时光却毫不留情地逝去。我还是快些说吧，实际上我同你见面，是因为有件事情，务必向你道歉。那就是久雄的事……

朝子 久雄！

清原 是的。我是个无能的父亲。时至今日，我只能这么想。

朝子 久雄他……

清原 关于久雄，你听到些什么了吗？

朝子 不，没有，什么也没听到。

清原 那孩子去年突然离家出走，杳无音信。也没有留下一句话。我想，他会活着的，但愿如此。不过，生死难定。我无暇顾及家庭，对他也是无能为力。然而，只要他回来，我会随时准备亲切地迎接他。

朝子 （故意显得惊讶）啊，久雄！

清原 我必须向你道歉，我对不起你。

朝子 您不必向我道歉。既然我已经知道了，我就要尽力寻找久雄。不过，如果我能找到他，更重要的是看您的心情。我想问您，清原先生，您能否永远以一个父亲的态度对待久雄？

清原 即使现在我也不会改变。他是个直心眼的好孩子，比起其他孩子，我对他从来都不要脾气。你的长处，连同我不多的长处，共同造就了他。他一生下来，就是一个易于受伤的青年。我很喜欢久雄，虽说在行动上我什么也没做，但作为父亲，比起其他孩子，我的一颗心更倾向于久雄。现在想想，我无须再隐瞒自己的心情，我要将我的感情公开！

朝子 啊，您一定觉得处处不如意吧。真的，就是不如意啊……不过，听您这么一说，我就安心了。不，还是不能安心。假若您的心情真是这样，请您一定继续坚持下去。为了拯救您这个父亲的心情，为了医治目前失踪的久雄那颗受伤的心，再没有别的办法了。只有这样做，才能使您的命和久雄的命同时得救啊。

清原 你似乎知道些久雄的情况。

朝子 不，我什么也不知道。即使您认为我知道，如今什么也不要问。也不能再问。您当前的危险，和那孩子没有任何关系。

清原 我当前的危险？

朝子 明白地说吧，今夜您的命将会很危险。

清原 什么？

朝子 您不相信吗？今天我特意请您来，就是想救您一命。

清原 谢谢你的好意。我是个生活在危险中的人。危险是我的家常便饭，正如刚才所说的，是我生活的一部分。我活在暴风雨里，而在微风中却感到窒息。可以大言不惭地说，只有激烈的酷夏和寒冷的严冬才适合我。这种风和日丽的小阳春，对于我只能是毒害。因为在这样的日子里，我的体内必须同时备有灼热的炎夏和冰冷的严冬。而自由就是这样的东西，它能使被小阳春天气欺骗而昏昏欲睡的人们清醒过来……我就是这么想的。我从来不吝惜自己的生命。

朝子 这正是过去的您。二十年前的您。一个永葆青春的您！

清原 即便到了这把年纪，在我心里，始终装着这样一个永远长不大的孩子。

朝子 您应该好好对待这个孩子。女人所爱的，民众所爱的，正是勇猛而杰出的存在于男人心目中这个圣洁无垢的孩子。为了这个孩子我要对您说，我知道，今夜在您的指使下，自由党剩余的勇士们，将手执白刃闯入鹿鸣馆晚间会场，而您的马车会停在鹿鸣馆外围的墙根下，从那里指挥勇士们进攻，对吧？

清原 （甚感惊讶）你何以这么说？

朝子 我知道的就是这些。

清原 你都知道了。你如此责备我。倒也难怪，你是女人，所以才如此信口开河。这种危险的恶作剧，究竟能起到何种作用呢？你是代替你丈夫说的这番话吧？政府为了日本的将来急于改正条约，为此，必须使外国人亲眼看到一个值得改订条约的文明开化的日本。给他们看的，应该是鹿鸣馆的晚会，而不是霍乱与恐怖主义的日本。你是说，我想叫他们看到扎着白头巾的年轻人挥舞着钢刀那般野蛮而未开化的日本吗？你絮絮叨叨说了这么多，正是屈辱的借口。

朝子 您为何要这么说呢？在您面前，我从未站在丈夫的立场上说过话。您的疑心未免太重了，仿佛我成了丈夫的代言者，中了我丈夫设定的圈套。很难想象，您竟然这样怀疑我。

清原 我懂了。我了解你的真情。你是因愤恨说漏了嘴。还是忍耐一下吧。不过，那个无人知晓的消息要是走漏风声，那只能认为是你丈夫在其中做了手脚。

朝子 不，我发誓。不关我丈夫的事。我自己明白，为了救您的命我才这样求您。怎么样？取消今晚的计划吧。

清原 （久久沉默后）明白了……明白了。（但又下决心）谢谢你的好意。计划泄露了，我很遗憾。不过，一旦决定的事情，一定要实行。说到我的命，我会十分警惕，不必担心。你告诉我计划已被泄露，这对我是多么大的帮助。谢谢了，我向你致敬。

朝子 取消吧，求您啦，赶快取消吧！

清原 您都想到哪儿去了。妇人之见，也难怪。不过，在我看来，朝子……

朝子 哦，您第一次喊我的名字。

清原 不过，我记得你好像说过厌恶政治。你说我处在可恶的政治和可恶的外交之中，这话也有道理。但是，你总知道“玛利亚·路斯”号事件吧？[1]明治五年时的日本，同样具有非常杰出的自主外交，具有卓越的正义者大江卓[2]般的人物。当时的副岛外务卿也是一个伟人，法律顾问美国人帕申·史密斯[3]也是自主外交优秀的协力者。一旦变成萨长藩阀政府之后，一切都不行了，又回到了从前那种屈从于帕克斯[4]公使恫吓的时代。如今应邀来鹿鸣馆的外国人当中，有谁会像政府所希望的那样，重新认识文明开化的日本，并给予尊敬呢？他们都在心中暗笑，冷笑，把贵妇人看成艺妓，把那种舞蹈看作猴子跳跃。政府高官和贵妇们屈从的微笑，非但不会使得条约得到改正，只会增强他

---

1 明治五年（1872），秘鲁商船“玛利亚·路斯”号驶入横滨港，因同船中国苦力逃逸引发日秘两国纷争。日方主张释放苦力，秘方不服，经国际仲裁裁决，日方胜诉。

2 大江卓（1847—1921），日本政治家、实业家，“玛利亚·路斯”号事件发生时为神奈川权令（副知事），自行成为主审法官，勒令释放被骗往秘鲁修铁路的中国契约劳工。

3 帕申·史密斯（Erasmus Peshine Smith，1814—1881），美国经济学家，在1871年至1877年间曾担任日本天皇的顾问。

4 亨利·帕克斯（Harry Smith Parkes，1828—1885），英国驻日公使。

们的轻侮之念。你说对吗，朝子？我巡游外国方才感知，一个不具备自尊心的国民，绝不会赢得外国人的尊敬。勇士的闯入，虽说有些胡作非为，但他们敢给政府泼冷水，让外国人知道日本也有胆大包天之人，有了这一点，我也就满足了。我下命令给年轻人，不容许因挥舞钢刀而使客人受到一丝伤害。年轻人跳上一曲刀剑舞，是为了张扬威势。仅此而已……我不希望他们超出这一点。世上有人把我说成杀人犯的首领，这只不过是毫无根据的传言。如果我因为这件事而被杀死，虽说等于死一只狗，但总会不断有人继承我的遗志……这回你懂了吧？从年轻时候起，不论是自己的屈辱，还是别人主动实施的屈辱行为，我这人都无法忍受。

朝子 我想我很理解您的意思，不过，我还是要劝您，请您务必取消吧。按理说，男人做得正确，女人本不该阻止。这件事，我觉得很重要。不过，我还是请求您。（两手扶地）请务必停止吧。

清原 已经无法停止了。你绝不出席晚会，既不会给你的丈夫造成麻烦，也不会给你带来什么麻烦。

朝子 （似乎想起什么）鹿鸣馆的晚会……我？……

清原 你是绝不会出席那种公众晚会的。我想，那种传言非常符合我的心愿。我还是以为你和其他人不一样。

朝子 我出席晚会？……清原先生，我只是假设，如果我生来第一次亲自打破惯例，去出席晚会，会怎么样呢？

清原 你出席晚会？那是不可能的事。

朝子 我是说假如。要是我真去了，您会蔑视我吗？

清原 那是不会有的事。

朝子 如果我去了，世人就会拍手大笑吧。这对我来说是最大的耻辱。纵然如此，该做的我还是要做。按照西洋式的做法，假如我出席，那么，今晚由丈夫主办的这个晚会就会变成女主人的晚会，我朝子的晚会。

清原 是这样的。

朝子 这么一来，您的勇士们所扰乱的，不是我丈夫的晚会，而是我的晚会了。您所损害的，不是我丈夫的名誉，而是我的名誉了。

清原 你出了一道难题啊。

朝子 （温柔地）您还厌恶我穿洋装吗？

清原 不可凭想象行事。或许很适合你，还是……

朝子 还是像猴子吗？

清原 一只漂亮的猴子。

朝子 好滑稽，扮成伯爵夫人的猴子！那好吧，今晚，我就照您的说法，变成一只猴子。

清原 朝子。

朝子 凭您的想象，这对我来说，该是下了多大的决心，付出多大的牺牲！女人获得的决定性名誉，也是自己创造出来的评价，即使死也不想被破坏。但今天晚上，我要当着您的面将它毁弃！

清原 你忍耐不下去了。你想投入政治的漩涡……

朝子 不，这和政治无关。我说的是爱情。难道不对吗？请您不要作出政治的回答，而应该作出爱情的回答。

清原 你的意思是?

朝子 就像那贫家出身的天真无邪的情侣唯有心灵的相互馈赠一样，我将送您一件礼物。这件礼物或许对您一无用处，但却是一份心灵的馈赠。

清原 那是什么呢?

朝子 我要出席今天的晚会。如果您还爱我，您就该作出回答。

清原 我所得到的，将是一份令我苦恼的赠礼。

朝子 我知道。但我的这份赠礼，完全来自一颗想救您性命的心。要是触及了您的内心，就请回答我。

清原 我知道我应该作出回答。取消今夜的计划，我不去鹿鸣馆……啊，不过，仅有这些。

朝子 （跪下抱住清原的腿）请吧，拜托了。请赐予我爱吧，哪怕一点点也好。

清原 啊，你在消解男人的作为，男人的义务。男人本不能失败，然而，男人也可以失败……

朝子 除了男人外，便没有其他。在我们女人眼里，比起任何名誉，唯有符合男人的名誉最重要。

清原 （抚摸朝子的头发）你的头发……这乌黑的头发，在这未能见面的二十年间，受到每个暗夜的濡染，越来越黑，越来越长，越来越光亮耀眼！

朝子 这头发的夜晚很漫长，黎明不知何时到来。一旦头发变白，我也不再是女人的时候，曙光将把这头白发濡染。既无烦恼，亦无忧虑，更无须畏惧。到了那一天，曙光将重新开始。

清原 知道吗？放弃义务并非可悲的事。相反，在这似乎值得高兴的时刻，男人会受到怎样恐怖的袭击！

朝子 （走近清原，紧挨着坐下）您已经放弃了义务，对吗？

清原 你很聪明……好吧，我保证。

朝子 我也保证。我将出席今天的晚会，凭借一副雪耻的姿态。而且，要把今晚的鹿鸣馆，变成我的晚会。

清原 我也保证。今晚的计划取消了。我的马车不去鹿鸣馆。

朝子 啊，叫我如何感谢您为好？

清原 一半对一半。你必须变成一只猴子啊。

朝子 您好英俊，真的好英俊。您是当今女人们眼中光明闪耀的星辰。（狂喜而立，从庭院边采摘一朵硕大的黄菊花）我为您献上一枚勋章。女人的勋章，不是那种金银宝石冰冷而死寂的勋章。（将菊花插在清原胸前纽扣孔里）这是鲜活的勋章，是穿过每天的晨霜，越发光明闪耀的勋章。

清原 但这枚勋章总要枯萎的。

朝子 今日可保无虞。

（这时，一直躲在下首的草乃，一手拿着望远镜，急匆匆上）

草乃 夫人，夫人！

朝子 什么事？（站起）

草乃 老爷回来了，还带着一位客人，渐渐向这边走来。

朝子 （将手帕递给草乃）来，瞒着老爷，用这个给后门发信号。（拥着清原）快，请赶快从后门走吧。（刚走向下首，又返回上首）还是从这里绕到茶室后面为好。（陪客人从上首转向茶室背后走去。不久，草乃和朝子从那里出现，由上首来到舞台一端，躲进上首舞台一侧的灌木林树荫里。观众看得很清楚）

影山伯爵的声音

（自下首）那座潺湲亭很好，要谈话就到那儿去。

飞田天骨的声音

（自下首）好的，先生。（二人出现，向茶室走去）

影山 好吧，请自便。

飞田 对不起，先生。

影山 刚才那件事……我说，飞田，按我的理解，暗杀这玩意，一般是指有牢骚的人杀害政府执政党要人或统治阶级要人。所幸社会上也是这么看的。论起刺客，请限定于那些自由党的残余。不瞒你说，我每天都收到大量信件，有的是索要我的命的斩奸状，有的是担心我的安否、为我祈祷而充满感伤的慰问信。两种信件的数量几乎相等。我徘徊于去就，不知是死了好还是活着好。不过，可以看出，世间大多数人都认为我有生命危险。

飞田 是的，先生。

影山 因此我认为，企图暗杀早已不符合世间的意愿，万一，我是说万一，即使知道了，也只能实行正当防卫。不是吗？

飞田 说得是，先生。

影山 当时的政府，虽然受到批评和攻击，但按照惯例，批评的声浪越高，就越趋于一致。只是为了非难而非难，其根据只会变得更加薄弱。清原永之辅如果被暗杀，世间就会立即向我发难。尽管没有任何人会怀疑我是凶手，但还是要攻击我。但是，这种攻击其实是对我的帮忙。攻击越猛烈，就越能证明我的清白无辜。

飞田 说得是，先生。

影山 为什么这样说呢，因为我对清原的死站在悲痛和叹息的立场上，从此失去了一个好对手，不是吗？憎恶和杀戮，只属于不平分子，政府中不会有那种人。反对派代表人性，政府代表伪善……这一点，你是知道的。我要杀清原，并非出于憎恶和敌意，只是因为他夜以继日的狂吠声过于高昂。难道你不想除掉一只狺狺聒耳的狗吗？

飞田 我一直都是这么干的。我的住居附近，没有活着的狗，青年们依然爱吃狗肉，所以不缺少火锅材料。

（树荫下，两个女人惊悚不安）

朝子 哦，暗杀的命令原来是老爷下达的。草乃，快扶住我的身子。威胁着往昔的好人和我儿子两人性命的，竟然是我的丈夫！像我这样具有同样想法的女人，这个世界哪里还会有？

草乃 我明白，夫人，我明白。

飞田 请不要嫌我啰唆，先生。您为何不把这件差事交给我飞田天骨办理呢？恕我冒犯，自维新之前开始，我杀死的人比谁的都多。一旦瞄准目标，从未因闪失而放掉一个。别说是刀枪剑戟，就连土炮火铳也没有。我和您一样，这么说未免有僭越之嫌，不曾因个人的冤仇怨恨而杀人，都是为执行命令。正因如此，一旦受托，我会怀着受托人送货般的心情，轻松愉快地将那些人一个个杀死，而毫不怜惜。我依然喜欢看到鲜血。那种比红叶和鲜花更加绮丽的东西，平时包裹于皮肤之下，是多么可惜啊！令我心情最爽快的，是那晴朗的秋空和血的颜色。您为何不托付于我呢？这种事也有利于我的健康。

影山 我再说说这件事。要是在别的场合，我会毫不犹豫地叫你去办。不过，这次并不希望有暗杀者在场，使用那种手段，容易暴露自己，成为政治性的暗杀事件。至于儿子杀亲爹，那是自家的事，论说起来，不过是家庭案件。你说对吗？

飞田 您说得对，先生。

影山 久雄那个年轻人，一个月前我见过。他有半年时光，在你家里混日子。那是个很有前途的青年。他一直活在仇恨之中。

飞田 他是清原的儿子。我不想再为他隐瞒什么了。

影山 他眼中充满杀机，这是非常难得的。比起他来，你眼中所浮现的，只是见了友禅和服而高兴的女人般的情怀，见了鲜血而欣喜的杀人犯的趣味。当然，这些东西也很宝贵。

飞田 对不起，先生。

朝子 直到今天都没有想到，丈夫竟然把那个可憎而残忍的家伙当作心腹，为已所用。现在，我总算明白了，这座空旷冷寂的奇妙宅邸，长期以来本是血和罪业的巢穴。草乃，我已经无法忍耐了。你出去告诉老爷，该说的都给他说。

草乃 请再等一下，夫人。不能太着急了。该听的应该全都听清楚。这可是夫人想都想不到的机会，可要抓住它啊！

朝子 你说得对，草乃。再稍稍抑制住烦乱的心胸，再听听这玷污双耳的企图，啊，我仿佛沉沦于噩梦之中，手脚全给捆绑在一起了。

飞田 不过，先生，我感到疑惑的，是他们父子之间的关系。他不管如何憎恨父亲，但这憎恨总有个尽头吧。一旦父亲的面颜出现在眼前，会不会产生动摇式的恐惧？对不起，先生没有孩子，或许不会明白。孩子总是可爱的，说句实在话，哪怕一头闯进眼中，都不会觉得疼痛。

影山 看来，你一定也喜欢孩子的血色。

飞田 哦，先生，您在开那种残酷的玩笑。孩子如果在地上爬，我就想一口吃掉他！

影山 你家青年们的拿手好戏，不就是那种火锅菜吗？

飞田 啊，啊，这种玩笑已经令人作呕了。不懂事的孩子见了亲爹，那副笑嘻嘻的面孔和澄澈的眼睛，即便将来我和他成为仇敌，也不会将钢刀指向亲爹。

影山 看来你很了解孩子的心情。

飞田 这一点，我早已看透。

影山 所以，我不能将这件事交给你办理。当你不了解要杀的人的心理时，你会安心地将他杀死。我对此并不感到满足。即使是按我的命令杀死清原，我也希望其间能有一种别样感情的曲折。久雄的烦恼，久雄的犹豫，这些东西一旦十分充分，在这基础上，就算他不杀死他父亲，我也会感到满足的。我喜欢他人有苦恼，未必喜欢鲜血。我希望杀人者和被杀者之间感情的交流，多多少少能迸发出一些火花。我想给予清原的，不是被暗杀的名誉，而是被亲生儿子杀死的无可挽回的耻辱。

飞田 说得是，先生。

影山 还有，你那个比喻并不确切。你的孩子就是你们夫妇的孩子。久雄虽然是清原的孩子，但不知他母亲是哪里的马骨，所以这个秘密一直纠缠着他的青年时代。

朝子 老爷哪里会知道，他就是我的孩子。

草乃 夫人，您可要守住这个秘密啊。这种事，一旦老爷知道了，想想都可怕……

朝子 你现在会怎么想？

草乃 不过，夫人，我想心地冷酷的老爷，至少对夫人您，是打心底里喜爱的。

影山 因此我要说，大凡骨肉之情这种东西，一旦走了弯路，就会变成可怕的憎恶。互不交流、缺乏理解的亲子、兄弟，比起他人还要遥远。我很理解久雄对他父亲的憎恶。确实，我很理解。所谓政治，就是理解他人憎恶的能力，就是通过推动世上千百万只憎恶的齿轮来推动整个世界。因为比起爱情，憎恶更加强有力地推动人间……哦，对啦，请看那株菊花，枝条弯弯，缀满鹅黄的花瓣，乘微风而摇动。那就是园丁的丹魂和爱情造就出来的，不是吗？你要是这么想，你就不能成为一名政治家。政治家看这株菊花，是这么理解的：这菊花是因园丁的憎恶而盛开的恶之花，是园丁对少得可怜的工钱的不满，以及对我这个主子的憎恶。这种连本人也未觉察到的憎恶，凝结为一丝情念，一旦移于清雅的菊花枝头，就能开出美丽的花朵。所谓开花，就是散发复仇之香。画师也好，文士也好，凡属艺术，尽皆如此。极其力弱的憎恶，亦可孕育大朵的菊花。

飞田 说得好，先生。

影山 你读过末广铁肠[1]的《雪中梅》这部傻子小说吗？好啦好啦，眼下不是谈论小说的时候。今晚的安排都已经万无一失了吧？

飞田 我也跟久雄讲清楚了，没有任何遗漏。晚上十点半，王妃殿下将出席鹿鸣馆的晚会。清原一伙儿也不想连累皇室，他们可能在十点之前闯进来。那一时刻，应该是清原乘着马车，在鹿鸣馆的护城河外坐镇指挥，守望着事件的动态。因为勇士们已经闯进馆内，马车周围的防护就变得薄弱，此时，久雄会从暗处袭击清原。

（飞田说话之间，上首的树荫下，草乃和朝子发生争执。朝子要走出去，草乃加以阻止。最后，朝子走出树荫，渡过涓涓细流上的小桥，堂堂出现于丈夫的面前。于是，飞田的话同时结束）

朝子 老爷，那个消息是错的。今夜，绝不会有勇士

---

1 末广铁肠（1849—1896），日本政治家、记者、小说家。《雪中梅》描写的是青年政治家国野基的苦斗和成功的过程，早年有梁启超译本。

闯入。

飞田 啊，是夫人。

影山 （巧妙掩饰内心的惊讶，冷静地回礼）哎呀哎呀，没想到，稀客光临了。

朝子 是的，我可没有偷听啊。

影山 天下事无奇不有。你也对政治发生兴趣了？那好，今后我来做你的政治引路人。

朝子 不过，我刚才听到的政治，一概都是些见不得人的事。我第一次听到那……

影山 说得是，说得是。你总是第一个看到政治的下水道。接下去就该是厨房、茶室和客厅了……看来，眼下你满怀确信，想告诉我一些好消息吧？

朝子 对于老爷，我说不准这是不是好消息。

影山 别着急，慢慢说。

朝子 我说过了，今天的晚会，勇士们的闯入计划取消了。

影山 嗯，虽说不知是哪儿来的情报，但看来是有根有据的。

朝子 原因我不好说。不过，我向天地神明发誓，今晚上勇士们不会闯进来。

影山 向天地神明发誓？这不像是你说的话。你可以向自己发誓，可以向你那一头乌亮的黑发发誓。

朝子 这回，我要听到既高尚又美丽的政治语言了。

影山 飞田，你可以下去了。（飞田慢腾腾施了礼，自下首下。同时，草乃也退回一间茶室）好吧，我来听你大谈政治吧。然后，再问你一些这一好消息确实的根据。（一边说一边微笑）

朝子 好奇怪，老爷像平时一样笑得很亲切，说话就像在讲笑话。（性感地）今天，您就是这世界上面对您真正的夫人，畅抒您可怕内心的那个人。

影山 你早就知道，我绝不是那种为物所动的男人。

朝子 是的，不过我希望您能像捉迷藏的小孩子，带着一副找到恶鬼的那种表情。

影山 神态自若，是男人的骄傲，但似乎不为女人所喜欢。

朝子 平素不怎么惊慌失措的男人，我喜欢看到他惊慌失措的样子……

影山 然而，我很清楚，不管你握有怎样的秘密，只能装在你们女人的化妆盒里，决不会拿到公众席上去。借这个机会，我可以将政治秘密向你和盘托出。

朝子 对于您的信任，深感惶恐。

影山 所以，你的当场倾听，也应该看作是出于真正的天真无邪的愿望。

朝子 我早已不是天真无邪的岁数了。不过，您也可以这么想。

影山 你好像生气了。我和飞田不知哪句话惹你动怒了。

朝子 （为避免丈夫挑剔，尽量爽朗地）杀人之类的事情，虽然使女人害怕，但不会使女人发怒。女人之所以发怒，一是爱情遭到背叛，一是出于嫉妒，此外再没有别的原因。

影山 你是说，丈夫即使是杀人犯，这类事也不该发怒。

朝子 是的。

影山 啊，你是个心胸开阔的人，一个有着理解和宽容的人。或许你不是一个心地温和的人，但凡老好人之类，大都也不符合我的性格……好，这就进入正题吧。你说今晚勇士们的闯入计划取消了，是从哪里听来的传言？

朝子 不是传言，是事实。

影山 尚未发生的事，一般不叫事实。

朝子 那么，您是说今晚勇士们的闯入也只是一种传言？

影山 这回算你赢了……好，说说看。把你的想法全都说出来。

朝子 两种传言比较一下看，传播两种传言的两个人比较一下看，究竟哪个是事实，还不明白吗？一个是飞田，一个是我。

影山 不是不相信你，但飞田是这方面的专家，而你可以说是这方面的外行。

朝子 专家阳奉阴违，虚情假意；而外行——您的妻子，向天地神明起誓。您究竟愿意相信哪一方呢?

影山 （沉默苦思）嗯。……好吧，我相信你。这是作为丈夫的义务……尽管如此，我还是希望你能全部抛弃长期以来那些担忧思虑，开始接受我的政治性的劝导。从今以后，成为我政治上的助手。

朝子 说起助手，您已经够多的了。

影山 都有谁呢?

朝子 鹿鸣馆里那些聚集而来的美丽的贵妇人啊。

影山 今天真是难得的收获众多的一天，你一定对我很妒忌吧?

朝子 嗯，我非常妒忌。我要是企图让您陷入惊慌失措之中，您会怎么办?

影山 你总不至于暗杀我吧?

朝子 不，是件大好事，非常好的事。真的要麻烦您呢。

影山 说说看，说说看。

朝子 今晚，我去参加鹿鸣馆的晚会。

影山 哎?

朝子 （站起身，一边跳着）穿上您为我定做的开胸衫，踏着您教给我的舞步，今晚我要让众人大吃一惊。就这样，老爷，就这样，美美地跳上一曲华尔兹或波尔卡，定让那些趾高气扬的贵妇人刮目相看！今夜的鹿鸣馆不是晚会会场，而是过去我出道时的新桥的筵席。跳起来吧，我也要跳起来。看，多么轻巧。再加上老爷的帮衬，比起那些贵妇人来，我的舞姿更加炉火纯青。

影山 哎，哎，我说，不要忘了，你今天也是个典型的贵妇人啊！

朝子 别的贵妇人，个个精神抖擞，为日本，为政治，都到鹿鸣馆来了。而我，只是想显示我的色香。这个机会终于来了。长年累月的弄巧作态，都是为了今天晚上。

影山 好了，好了，还是你比我更像一个认真的阴谋家。那么，勇士们的闯入……

朝子 我去出席晚会。勇士们不会闯进来。

影山 你是说，这就是根据？

朝子 非常美好的根据。

影山 （苦笑）你还是说点道理为好。

朝子 女人不需要什么道理，不是吗？（明确地，宣言般地）今夜我出席晚会。而且，没有勇士闯入。如果万一有变，我不会再活着来见您。（两人互相睨视，沉默良久）

影山 是吗……那么，你想让我为你做点什么呢？

朝子 希望您立即解除久雄那位青年的可怕的任务，让他待在我身边。

影山 假若真的像你所说，没有勇士们的闯入，那今夜的久雄也就无事可做。不过，你为何对那位青年……

朝子 大德寺侯爵夫人托我这么办的。那位青年是大德寺家小姐的好友。

影山 （默想之后）可以。我答应你。好吧，就依你所说，以今晚勇士们不闯入会场为条件，我将把那个人寄托在你那里。

朝子 那就谢谢您了。这就万事周全了……啊，托您的福，今年的天长节是晴和的小阳春天气，静静飘着菊花的香气。一切都顺利地结束了。

影山 是的……一切平安。

朝子 我厌恶硝烟的气味。

影山 那只是练兵场上放礼炮的烟气。

朝子 到了晚上，就是火花的烟雾了……为了今日这一天，运来的全部火药都只会当作庆祝的标志，响彻四方！

影山 （依然思虑着什么）说得好，今天是个可庆的日子。

朝子 但愿今日一天的艳红，只限于国旗的日轮以及宴会上葡萄酒的颜色。

影山 （转过脸）我也厌恶血的颜色。

朝子 这明丽而和煦的阳光不许人作假！

影山 放心吧，应该看作是十分特别的日子。在这般明媚而温馨的日子里，任何事都不会发生。

（此时，一个女佣自下首跑上）

女佣 夫人，大德寺夫人来了。

朝子 是吗？请她等一等，我这就来。

影山 你可以走了，我也马上过去。

朝子 对不起，那我先走了。

（女佣领路，自下首下。右首对话进行时，草乃出现于茶室，立即紧追向下首走去的朝子。但朝子没有觉察，依旧离去。影山站在中央，堵在草乃前面，草乃向右他向右，向左他向左，挡住她的进路。草乃不断行礼想走过去，未果）

影山 你对夫人很忠实……实在很忠实……夫人经常表扬你……你太忠实于她了。（突然将草乃抱住，激吻惊魂不定的草乃）

草乃 啊，老爷您……啊，老爷您……

——**幕落**——

第三幕

同一天午后四时，日落前。

鹿鸣馆的二楼。下首可以窥见自一楼升上来的大阶梯左右的栏杆。正面有通向露台的出口。从那座露台可以下行至前院。自那里靠近上首的墙壁前，餐桌上摆着专供立食的酒菜。上首高处的入口，揭起厚重的帷幕，可以看到大舞厅。另外，自上首沿后楼梯似乎可以走向楼下。随处摆放着椅子。

幕启。正面露台的门扉敞开着。身穿开胸衫的显子和身着舞会服装的久雄，双方倚靠在露台上。

晚霞满天。

显子 太阳就要落山了。

久雄 多么美丽的晚霞啊！仿佛日比谷的森林起火了。

显子 为何没有一个人在霞光里跳舞呢？夜幕完全降

临之后，人工的光亮，人工的音乐，人工的地板上……

久雄 想必因为这晚霞是过于广大、过于轰鸣的音乐。肯定是。在这样的音乐中，双腿尚未起舞就一个劲儿抖动，气喘吁吁，笑也笑不起来。

显子 您现在愁眉苦脸，是以此提醒我，不让我担心。您为何还有悲痛？我已经完全放心了，很想在这晚霞中翩翩起舞，高高兴兴地呼吸着。您的洋装非常合体，真的，非常合体。这也多亏影山阿姨的关照啊！

久雄 那位夫人叫我换上这身服装，命令我和你一同出席今天的晚会，还嘱咐我不准离开她身边一步。如果一眼没有看到，就担心我会惹出什么祸来。

显子 听您的话音，似乎很不服气。您要记住，阿姨可是我们的救命恩人啊！等天亮后，我和您就远走高飞。您的承诺也是借助阿姨的力量，不再考虑今晚任务的缘故，不是吗？对不起，凡是对我好的事情，我都高兴。我这么说，可不要坏了您的心情。我想，我的喜悦，我的幸福，都会照样成为您的喜悦，您的幸福……您做得对，谢谢您取消了今晚的计划。不，我不是说这都是因为我。这是阿姨巧妙地、满怀真诚地热心劝说的结果。她简直就像您的母亲一样。

久雄 （一惊）我的母亲？……那是不可能的事。我说什么好呢？我很钦佩她的那种毫无掩饰的人格。

显子 可不是嘛，谁都比不过她，人人对她心悦诚服……

久雄 是的。甚至她的自私都可以被包容，一切都很愉快。

显子 又说您的恩人的坏话了，真拿您没办法。

久雄 我不能像她说的那般老老实实，我可以稍稍说她点儿坏话。我的所谓“坏话”实际是赞美。她是按照自己所好而活着的。而且，谁也不能对她这一点说三道四。即使她要做一只小鸟，突然展开美丽的羽毛，从窗口飞到桌子上来，停在汤盘的边缘上唱歌，大家也都会为她的歌声所陶醉，没有人会谴责她任意妄为。

显子 是的，她是这么一个人。

久雄 比方说，那只小鸟……例如，要生蛋。鸟在别的鸟的小巢里生蛋，孵化出的雏鸟将在欺侮中长大。纵然如此，她也是没有责任的。为什么呢？因为雏鸟也把她爱唱的那首《森林太狭窄》看作心灵的慰藉。就这样，为了使这首歌不带有悲凉的音调，自己不知不觉也希望这首歌成为一支永不衰老的明朗的恋歌。

显子 听您这么一说，连我都嫉妒起阿姨来了。

久雄 谈不上嫉妒……你还不太了解她呀。

显子 哎呀，今天虽然是第一次同她见面，但我是不会说阿姨的坏话的。您总算借助阿姨的力量，离开那个可怕的世界，回到我们女人家温馨的爱的世界了。（摆弄着男方上衣的纽扣）我呀，已经用看不见的丝线，将这些纽扣一个一个全都缝合到自己的衣服上了。您权且把我当作第一次看到的基亚里尼马戏团星空下宽大的天幕，那天幕的顶篷，已经被看不见的丝线缝合在星空上，因此，那天幕不会倒塌在地面之上……您胸前的这些纽扣就是星星，我就是缝合在那里可以迎风的天幕啊！你一旦离我而去，天幕就会崩落地面……而死去。

久雄 哎，假设……假设那星空布满阴云，怎么办呢？

显子 不管天空如何阴霾，不管出现什么意外，我一定要找到星星。

（久雄、显子紧紧拥抱，长久接吻）

（此时，下首楼梯传来大德寺季子上楼的声音）

季子 （但闻其声）好漂亮啊！真好看，非常合身。哎，就站在那儿吧。（登完楼梯，显现出开胸衫的姿影，向楼梯下方张望）好，就站在那儿，扶住楼梯中间的栏杆，仰起头来看着这里。简直像一幅画。朝子夫人，真的就像一幅油画啊！

朝子 （沿楼梯登上，显露出开胸衫的姿影）这副打扮爬楼梯也很不方便！不，不是迈不开步子，而是穿惯了下摆窄小的和服的缘故。凭这副样子登上楼来，感觉就像光着身子一般。

季子 您说得真好。我喜欢这样的您。真的喜欢。不过，您也挺厉害啊！过去您说过，不喜欢洋装和交际舞。您欺骗了我们。这不是很合身吗？幸好，今天的晚会，唯有您亮丽炫目，我们这些人都一派模糊。即便穿惯了开胸衫，其身影也将被众人所销蚀，无法想象能像您一样，让所有的宾客欣喜若狂。

朝子 显子小姐，您母亲伶牙俐齿，一番言语说得我无地自容，快来帮我一下。

季子 啊呀，你们早就来啦？

显子 我们约好的，提前四个小时过来帮忙呢。

久雄 如有需要，我也可以做个帮手。

朝子 谢谢了。因为是头一回，什么也不懂，一切都想学学。（拍手）请吧，开始整理会场吧。

（女管家自上首上，施礼，给女佣们分派任务，着手布置菊花盆景等。木工也上场，装饰柱头，悬挂万国旗，在上首的墙壁悬挂绘有

白色菊花纹章的紫色帷幔，等等。以下会话进行中，双梯及踏台等，亦安置妥帖）

季子 你们都向阿姨表示真诚的感谢了没有？托这位阿姨的福，一切都获得了圆满的成功。你们所希望得到的幸福就要来临了！

朝子 不要说未来的事情。在一切佳肴尚未吃到口中之前，切莫谈论筵席的味道。你们两位年轻人的幸福，还有季子夫人的幸福，乃至我的幸福，都建立在信赖他人的基础之上。

季子 有没有为您所信任，而未能作出相应回报的人呢？

朝子 我没有那样的奢望。但是，比起人们，我确实更加信赖时间。这一点，超过不论多么相互信赖的人们……您说是吗，季子夫人？人们建立起相互间的深切信赖，是需要花费很长时间的。

久雄 也有长久被忘却的时间啊。

朝子 我指的是未来的时间。年轻人不应该老是考虑过去。（走向挂帷幕者）哎，那帷幕再向右边靠一靠。好，要把纹章全都显露出来。

显子 啊，真希望今天的晚会早点顺利结束。

季子 没事，显子，不必担心。我们之所以感到心中不安，或许只不过是晚会开始前兴奋的心情所致。平时晚会之前，我的心总是像小姑娘一样激动不已。况且，今晚又是朝子夫人第一次出席的特别的晚会。即便是我，也不甘示弱。还有，鹿鸣馆这座楼房，本是为着一项高雅的任务而建的，但不知为何，却变成了缺乏稳重的色感不良的建筑物。

朝子 （叫住搬运菊花盆景的工人）等等，对啦，上楼的楼梯口旁边，我希望再放一盆菊花。就到楼下去搬吧……然后，侍务长！（拍手，招呼侍务长）请吩咐他们点灯吧。

（侍者们分头点燃煤气灯。天花板中央的玻璃吊灯也点上灯火）

久雄 这永远无尽的灯火，全都是无趣的东西。

季子 你说的都是老人的话。

久雄 不过，那煤气灯一瞬一瞬地燃烧着，只是连接起来看，仿佛永远都烧不尽呢。

（两组外国乐队手拉手沿着阶梯登上楼来。一组德国人，一组法国人。各自率领本国乐队的队长，恭恭敬敬亲吻朝子的手，接着亲吻季子和显子的手）

朝子 （叫住侍务长）你来得正好。你去为大厅的宾客们斟酒，教他们一些简单易学的舞蹈动作。还有，（转向久雄和显子）有件事需要你们两个帮帮忙，那就是请同他们一起选定今晚的舞曲。华尔兹、波尔卡、玛祖卡……（两位年轻人同侍务长一道陪着乐队前往上首的大厅）我对大门口的装饰一直放心不下。（对着季子）和我一块儿去看看吧？一坪半的大扇面堆满了绿色的杉树叶，那扇形就是一束白菊花。看到那突显着“welcome”[1]文字的装饰了吗？

季子 没，还没有。

朝子 请你务必看一看，听听你的高见。（继续下楼

1 英语：欢迎。

梯）不说这些了，草乃怎么了？这会儿她该来了呀……（二人退下）

（影山伯爵从上首后门楼梯上来，同朝子交替上场，草乃紧随其后。忙于布置的众人，一齐向他行注目礼）

影山 真叫人吃惊，朝子不声不响，把一切都弄得有板有眼，仿佛经过一番彩排，早就有了准备似的。女人真会骗人。过去一味讲究日本趣味的朝子，同现在的朝子，究竟哪个是真的？我简直不敢相信自己的眼睛。

草乃 再没有比夫人更会巧妙圆滑地骗人的人了。（拉过一把椅子，给影山坐下）

影山 （向后伸手，握住草乃的手）草乃……

草乃 （慌忙缩回手）老爷，大家都看着呢。

影山 "大家"指的是谁？在场的都是我的心腹。连那些小工匠，都是守口如瓶的人。喏，山本。（侍务长行礼）川田。（一位侍者行礼）小西。（另一位侍者行礼）松井。（一位工匠行礼。逐一叫出舞台上人物的姓名，叫到的人一一行礼，接着又投入工作。此时，自上首舞厅传来练习曲的音乐，时断时续）……正好。承蒙那彩排场断断续续的音乐，你的话不再会被别人听到。

草乃 老爷，刚才的约定，可当真？

影山 你该知道“鬼神无邪道”这句话。我想让你看到我全心的诚意。我已经说过了，我要为你找一处适合你的房子，养育你的亲兄弟，使你余生过上安乐的日子。此外，还有没有别的要求？要是有，请快说。

草乃 陶醉于背叛后的安乐之中，就这样度过一生，世上的人对这一点很怀疑，但我不怀疑。因为我一直守在夫人身边，对她那随遇而安的生活一清二楚。

影山 你是说清原吗？我从前听你说过，看来是真有其事啊。

草乃 老爷一直隐藏着嫉妒。

影山 隐藏感情是我人生的信条。

草乃 （此刻，一位工匠粗暴地挥动锤子，发出很大的声响。草乃捂着耳朵）啊呀，那种响声，那种响声！钉钉子的响声！不论花费多大的气力，我的背叛，都抵不过夫人那种泰然自若的背叛。实际上，我生来本是个老老实实的佣人，在适合于背叛行为的天性之中，或许具有比忠义更加高贵的血性。

影山 正如你所知道的，朝子她是艺妓出身。不要过多考虑那些恼人的烦琐的事情了……托你的福，我大致掌握了事情的经过，只是还有一个地方不甚了解，就是朝子她为何那样袒护久雄。我知道她为何袒护清原，但又为何那样对待久雄呢？……或许只因为他是大德寺姑娘的恋人？单凭那一点而厚爱久雄，也并不奇怪。对吗？

草乃 啊，这个嘛……这是夫人的意思。

影山 朝子有意于那位年轻的男人，虽然他还是个十足的孩子，但生就一副好看的面孔。尽管缺乏男人关键性的力量，但能赢得希望有人接受自己庇护的年长女人的芳心。这种年龄段的男性之美，同样可以翻译成女性之美。我曾见过酷似那个男子的颇有人气的艺妓，她的长相同那个男人十分相似……（突然警觉起来，改用一副可怕的高压的口吻）喂，草乃，有些事你还瞒着我吧？

草乃　（迫于影山的目光，身子缩成一团）是的……那个青年是夫人的孩子。

影山　父亲呢？

草乃　您应该知道的。

影山　是清原？

草乃　……嗯。

影山　（抑制住愤怒）哼。那家伙企图利用我这个做丈夫的，将自己的过去全部拯救过来。

（此时，下首楼梯间有人说话）

朝子　（只有声音）已经响起音乐的旋律了，不去听听练习曲吗？

季子　（只有声音）我到楼下休息一下再来，您先去吧。

草乃　哦，夫人来了，我不能待在这儿，回头再来。（急忙从上首下）

朝子 （上场）草乃不在这里？

影山 哎，我没见到她。

朝子 （向侍务长）没见到草乃吗？（侍务长恭恭敬敬摇摇头。朝子对众人）你们也没有见到她吗？（众摇头）怎么办呢？她不在，一切都不方便。

影山 那种只管家里活儿的女人，这种场合派不上什么用场。

朝子 啊，老爷，您已经喝酒了？

影山 还没有呢。

朝子 平素，您的脸色没有光彩，而今天却满面红光，双目炯炯有神。

影山 这是因为，我有生第一次打算在感情的驱使下行动。

朝子 呀，好可怕。这种偶尔的例外，使您感到很开心吗？

影山 是的。看到珍贵的自己，对身体也有好处。映入我眼中的自身，年年都和镶嵌在镜框里的肖像一样，没有任何动摇。

朝子 那肖像会走出镜框吗？

影山 是的，还有最使人惊讶的首先就是我自己。

朝子 素来一动不动的肖像，偶尔也会有动摇的一天。请看看我吧，看看这裙子下面滑稽的鲸骨箍，简直就像双腿穿过大吊钟一般。要是穿和服，轻软的绢丝总是缠绕在脚上，而眼下，脚的周围只有恼人的凉风吹过。

影山 （冷淡地）但很适合，非常适合。而且，即便你毫不换装，即便你平生第一次出席晚会，你也没有任何变化，任何动摇。你，依旧是往昔的你。

朝子 （开始不安起来）这么说，对于发生变动的您，我将一筹莫展。您不是说过，不做今天晚会的主人吗？

影山 胡说些什么呀？我没有说过这样的话。你是女主人，用不着亲自动手。而且，我是你可怜的丈夫，只要遵照你的吩咐立即行动就可以了。

朝子 啊，老爷，我是第一次听您这么说话。假如我有什么过错，或不恰当的地方，现在就请说出来吧。一旦客人来了之后再说，那我得多难为情啊！

影山　你这个八面玲珑的人，也会有过错？也会有不恰当？

朝子　（困窘，娇媚地）老爷，真坏。您这么取笑我，只能使本来就羞愧难当的我，更加缩手缩脚，您诚心欺负我。好吧，尽管我不情愿，但我还是要堂堂而出。

影山　好奇怪呀。这么一看……

朝子　哎？

影山　看起来，你一点也不感到内疚啊。

朝子　我作了精心的化妆。

影山　这个世界没有胜过人的信赖的妖怪。

朝子　您终于回到平常时候的老爷了。

影山　来，我们也学他们，挽起手臂吧。（说着伸出胳膊。朝子将手搭在丈夫的手腕上。此时，摄影师自上首上楼来）

摄影师　哈，多好的一对儿，赶快照张纪念照吧。好，先不要动，就保持那样的姿势。对不起，要麻烦大家伙儿啦。

朝子　大家开始布置舞厅吧，这儿已经好了。

（众人全部去舞厅。开始摄影。此刻，季子自下首上来观看）

摄影师　对不起，明后天准时送到府上来。

季子　好漂亮啊。这样成双成对的真是太好啦！

影山　啊，欢迎。（向季子点头致意。前往上首，对摄影师说着什么，有意不让朝子她们听见）

叫飞田来，告诉他不要让这些女人看到，进来时要小心。（摄影师退场）

朝子　（影山走向上首时，她走向下首，对季子说着什么。她们的交谈，和右首影山的话语相重叠，可以说是同时）请你一直待在我身边。不知怎的，我今天不想理睬我丈夫。

季子　好吧，那我们一同去舞厅吧。（两人对影山招呼一下，随即走向舞厅。飞田趁此机会自上首上）

飞田　（环顾四周）可以吗，先生？

影山　唔，她刚刚离开。好吧，有件事要托你去办。

飞田 什么事，先生？

影山 你之前得到的情报是，今晚有勇士们闯进这里，并且由清原指挥。

飞田 没有比这一情报更准确无误的了。

影山 这我知道。不错，情报很准确。准确归准确，但事态改变了。今晚勇士的闯入计划取消了。因此，清原也不来了。

飞田 不可能，先生。

影山 我说的没错。事态变啦。你知道我经常说的政治的要谛是什么吗？

飞田 啊？

影山 政治的要谛就是这个。懂吗？政治是没有真理可言的。政治知道没有真理，因而政治必须造就真理的仿制品。

飞田 ……

影山 今晚，你传达的事态不会发生了。那种事态已经不存在了。然而，某种事态一旦消失，就必须亲手再造一个同样的事态来。这就是所谓政治，政治的要谛。知道了吗？

飞田 知道了，先生。

影山 今晚一定要有勇士们的闯入。在这里，白色的布巾在他们脖子上飘扬，玻璃吊灯的灯光映照着白色刀刃的锋芒。清原在围墙外停驻着他的马车，那马车于初冬的星空之下，阴谋似的蹲踞在那里。我要创造历史。当下的政府就要创造历史。这一点谁也无法改变……要是这样，飞田，你怎么看？

飞田 今晚要有勇士们的闯入，要是清原来就更好了。

影山 说得对。

飞田 要叫清原来，先生另有考虑，是吗？

影山 （微笑）是的。

飞田 我只要把勇士们叫来就行了，是吗？

影山 说得对。

飞田 我懂了，先生。那种白色头巾和白色背带我马上去找。日本刀也尽快准备好。关键是人员，我宅子里的年轻人一大群，有的是人……那么，要多少人合适？

影山 二十人左右足够了。

飞田 时间就照上面所说的吧。

影山 可以。至于护卫警察，由我去跟他们说，不用担心。警察们多少作出些抵抗，然后会放他们进来的——我们那些自由党的热血青年。

飞田 详细情况我都知道了。

影山 不过还有，这鹿鸣馆大门内，禁止流血。血，只限于门外，只限于十一月的夜晚，在黑暗的围墙之外，悄悄流淌。

飞田 抱女人，流鲜血，以暗处为好。

影山 你可以走了。一旦谈起血来，你就没完没了。好，去吧。尽量早些着手准备吧。

飞田 我知道了，先生。

（飞田正要从上首下，碰到从上首上场、站立不动的草乃。飞田下）

草乃 （伫立上首位置不动）老爷，那么，我的任务呢？女间谍的任务？

（之后两人对话时，并不看彼此。草乃一直面向客厅，影山一边踱来踱去，一边交谈）

影山 按我指定的时间，到清原那里去一次。

草乃 清原那里?

影山 是的。你今早去传话,已经取得了清原的信任,这次去是为朝子传话。人力车也可以和上午乘的同一辆。

草乃 去干什么呢?

影山 你听着,你一直是作为朝子的心腹佣人而去的。飞田家青年们假扮的勇士,十点钟会闯入这里。你去告诉清原,就说是九点半要闯进来。正好使他十点抵达这座大门之外。你就这样告诉清原:"你的勇士们违反你的取消令,硬是闯进去了,夫人很生气,请你马上去阻止他们。"

草乃 "你的勇士们违反你的取消令,硬是闯进去了,夫人很生气,请你马上去阻止他们。"

影山 没错。至于清原届时到达何处,我已经调查清楚了,不用担心。你只要赶快去报个信就行了。

草乃 我知道了。(这才朝着影山瞟一眼)老爷……

影山 什么事?

草乃 我还漂亮吗?

影山 嗯，你……说什么？漂亮，非常漂亮！（一边说一边苦笑着走近，手搭在草乃的肩膀上。草乃用肩膀甩开影山的手，急忙消失于上首的暗处。影山站在那儿，思索着什么）

（与此同时，久雄和显子手挽手自上首舞厅走出来）

显子 还有时间呢，稍微散散步，好吗？

久雄 外面很凉，那么秀美的肩膀，会受风寒的呀。

显子 双肩热乎乎的，穿着护肩什么的很热。

久雄 （看看外面）天已经黑了，只有落掉叶子的树梢还泛着光亮。不久，树木就会迎来一年中最明丽的时候，而地面却被落叶掩埋，一片暗黑。

显子 那些树木为何早早落光了叶子呢？总不会急着想变成一棵枯木吧。

久雄 它们想尽快变成明朗的姿态，使心情舒畅起来。

显子 您的话像一桶凉水，浇在我好容易激起的兴奋的心田里。情侣间不该是这样的交谈。

久雄 你希望看到我虚假的高兴吗?

显子 不，我不希望。我喜欢您该是怎样的心情，就是怎样的心情。明天的旅行，途中在某个遥远的地方，肯定能看到您那真正的明朗的面孔。

久雄 明天的旅行……你的母亲一直这么说。早晨八点四十五分，新桥发车，坐火车去横滨，在横滨待上两三天。这期间，你母亲到处奔走，购买经由美国或者香港前往欧洲的轮船票，再把票送到我们手里。

显子 我们要是能生活在一个谁也不认识的国度，您父亲能允许我们结婚就好了。

久雄 我也曾经一天到晚想去旅行。

显子 现在不想去旅行了吗?

久雄 这个嘛，我所希望的旅行，越来越美好，越来越富于幻想性。就是说，既不需要火车，也不需要轮船的旅行。我住在这个充满虚伪的国家里，有时候心中浮现出大海对岸那平和有序的国度，树枝上总是结满闪亮的果子，阳光总是普照大地。每逢那时候，无论火车还是轮船，对我来说都太慢，太慢。当我心中浮现出那样的国度，一瞬之间，我就想身在其中；一瞬之间，我所幻想的果子的清香就要能变成现实的清香，我所梦想的日光一下子倾泻于头顶之上……否则，一切都来不及了。

显子 户外没有果香和阳光。有的只是凸露着灰白色鹅卵石的小花园。尚未放焰火啊。我哪里知道晚会前的黄昏如此寂悄无声……然而，您不会想到吧，当我们迎着轻寒的夕风，走上那鹅卵石小道，唯有那里，阳光灿烂地照耀；唯有那里，果香随处飞飘。怎么样？我们去散步吧。

（久雄正要推开露台的门扉，随即泛起犹豫）

久雄 ……哎。

影山 （出来叫住他）久雄君！

久雄 （回首，惊讶）啊？

影山 我有话跟你说，等一会儿再去散步。

显子 （无视）走，我们去散步。

影山 我有话！

显子　（对久雄）有话回头再说嘛。

影山　要不，小姐一人去散步好了。

显子　啊……

影山　久雄君对女人很殷勤啊，那一身工作服倒很贴身。看来，你做什么像什么。

久雄　（嗔怒）您的话就是这些吗？

影山　不，我只是多少有些遗憾。一个只知道围着女人屁股转的男人，哪里还称得上稍有出息的青年！

久雄　对不起，您的眼睛睡模糊了。

影山　找个地方好好照照镜子，瞧你那副耷拉着眼皮、有气无力的面相！那是多么可怕的青年的面容！仔细瞧瞧吧，我想，你对自己镜中的面孔也绝不会满意。

显子　这个人的面相我非常清楚。要是能像先生那双眼睛一样敏锐，那就只管委身于女人好了。假若看不到他凛冽的面容，我也不会和他交往下去。

久雄　显子小姐……

影山 你只看到从前的幻象，你是透过幻象而遥望着他。不错，直到今天早晨为止，久雄君曾经有过凛冽，甚至给人以高贵之感。憎恶使得这个人精神抖擞。早晨的寒霜使他绷紧着身子。然而，那寒霜消融殆尽了。小姐，你的那位对象，早晨之前还是个男子，现在只不过是个女人。你在热恋一个女人。

久雄 （抑制愠怒）我是经过充分考虑才这样的，不管您怎么说，我都不在乎。

影山 这就是不在乎的面孔吗？但明显保留着满心的愤怒。你没有勇气和胆力，只有愤怒的残火。你要珍视这一点，总会有用得着的时候……你和这位小姐的硬性结合，总有一天会龟裂，等你知道女人到底为何物的时候。

显子 啊！（掩面而泣）

久雄 您侮辱我也没有关系，为何连显子小姐也不放过？

影山 你言重了。请你原谅，显子小姐。还有久雄君，我并不想侮辱你，懂吗？青年，是可怜的一个群体。他们在火一般的行动和灰一般的无力之间徘徊不定，对哪方面都不满意。他们有时认为自己什么都能行，有时又认为自己什么都不行。这么一来，唯有吃饭睡觉才是他们的强项。你今天一整天，从一个极端反转到另一极端，对自己所犯的矛盾毫无觉察。

久雄 我没有什么矛盾。

影山 对自己的矛盾没有感觉，明显是青年人的特征。好好想一想吧，别人的一番甜言蜜语，竟然使你认为今晚没有勇士闯入，同时也使你认为，你心中的那位目标也不会来了。

久雄 不是认为，是相信。是从一个从不说谎的人的口中听来的，那是无可怀疑的证言。

影山 相信？呵呵。竟然从什么也不相信的你的口中听到了这个词。那好，我问你。我可以相信，你是从一个从不说谎的人的口中，听到这一无可怀疑的证言。但是，那证言的根据在哪里？那个人不再来的证言，只有那个当事人才能说得出。那么说，你很相信你一直要除掉的那个人喽?

久雄 对不起，我不相信。

影山 那个人是一位杰出而高洁的人吗?

久雄 既不杰出，也不高洁。(激昂地)因而我要干掉他。这一点，想必您很清楚。

影山 那么，你为何轻易相信那个人今晚不会来了呢?

久雄 (一时嗫嚅)……

影山 哎，为什么相信这一点呢?难道真的值得你相信吗?

久雄 (激动地)您是想叫我随便背叛他人的信赖啊。

影山 你越说越离奇了。对于一个一开始就不可信赖的人，谈不上什么信赖和背叛。

显子 (针对影山)求您了。请您不要再这样指责他了。

影山 这不是指责，仅仅是摆明道理的提问，从而将你的恋人，从无序的混乱之中拯救出来，使之稍稍遵循规范而行动。唉，久雄君，你说对吗?你之所以一味地相信今晚那个人不会来，这只能证明你是胆小鬼，只凭一己之愿，不是吗？“拜托了，那个人不要来啦，但愿一切都平安无事！”

久雄 （突发地）我不是胆小鬼！

影山 是的，是的。我想听到的就是这句话。我对你另眼相看。你仍然是个有前途的青年。（从内口袋里掏出手枪）来，把这个拿去吧。

显子 （欲阻止久雄接受）啊，这种东西不能接受。

影山 小姐，你不要吭声，就让他收下吧。这种场合女人插嘴，最容易损害男人的自尊。

久雄 （自言自语）那个人真的……

影山 真的？是啊，也许真的会来。因为你根本不相信他。你的这种怀疑是首尾一致，始终合乎道理的。你是个很讲道理的人。喏，这把手枪就是标志。

（久雄呆然收下）

显子 久雄君，不行，不行，这东西很危险！

影山 放心吧，这只不过是按理行事的标志，是将他从混乱中救出，让他回归理性的工具。小姐，告诉你吧，武器这玩意，是使男人按规矩行事的最强有力的工具。就是这么回事。

久雄 （将手枪装进内口袋）显子小姐，不必担心。有了这把手枪，我心中踏实多了。

（此时，下首传来喧闹声。序幕时出现过的宫村大将夫人则子和坂崎男爵夫人定子，身着开胸衫上场，热情地跟影山打招呼）

则子 她已经来啦，夫人的洋装实在漂亮，我从现在开始就有些坐不住了。

定子 今晚，朝子夫人穿开胸衫出席晚会，已经受到各方表扬。我们很想及早看到她的身影，所以比丈夫他们早来一步。

影山 她呀，同大德寺夫人在舞厅里了。

则子 （对定子）我们快去吧。我们想抢在全东京的人之前看到她。要是那样，今后就有了话题啦。

（两人急急忙忙走进舞厅。突然一阵欢呼。响起华尔兹练习曲的音乐。影山和久雄以及显子，默默伫立。不一会儿，在则子、定子和季

子的包围下，朝子盛装而出）

定子 多么漂亮，多么美丽！

则子 比起穿和服，显得年轻十岁。

定子 非常合身，仿佛一直穿洋装，有板有眼的。

季子 好狡猾啊，难道她不这么想吗？她一开始穿，就比我们这些穿惯洋装的人，还要老练得多。

则子 想必她先生也很得意吧？（转向影山）晚会一开始，就觉得今天是最高兴的一天，不是吗？

定子 您这么一上身，就如同瀑布下泻，衣服沿着身体的曲线流淌。真叫人羡慕！而我呢，瀑布倒是瀑布，途中总是受到岩石的阻挡。

朝子 你们这么稀奇地望着我，使我感到自己就像天竺国送来的动物。

影山 （兴奋地）好吧，大家都到齐啦。先让我向各位敬酒。（拍手）在玻璃杯里斟满酒端过来！

（华尔兹继续响起。侍者们捧着摆满葡萄酒杯的盘子，从舞厅走来，给各人分酒。人们正要干杯时，朝子不小心将玻璃杯掉落在地板上）

影山　哎呀，这可不像平常的你啊。

朝子　多亏是玻璃酒杯。（侍者立即重新递过来一只玻璃杯，朝子接过去）有替代品啊。

影山　也有不能替代的啊。

季子　（对影山）请带头叫大家干杯吧。

影山　今天是天长节，高呼“圣寿万岁”，好吗？

季子　您这么一说，听起来有些不敬啊。

影山　那么……可不是嘛，那就什么也不提……干杯！

（众举杯）

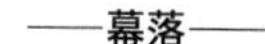

——**幕落**——

第四幕

当晚九时过后。道具同前一幕。装饰整齐、完备。宾客喧嚷，侍者们左右往来。

影山伯爵夫妇站在下首楼梯下口，迎接客人。他们中有走在前面各自拿着酒杯的坂崎男爵夫妇，军装前胸挂满勋章的宫村陆军大将及夫人。大将蓄着漂亮的恺撒胡。

宫村 哎呀，哎呀，军人碰到这种场合就很头疼。首先，你不能不感到头疼。喜欢驰骋战场的这副身子，不可能在这堆柔弱的女子中间感到欢乐。（一边说一边瞟一位女宾）……人性的关怀，不可能灵活地波及四面八方。侍者，来一杯。（命令换杯，向那位女子）你杯中的酒好美，请问是什么酒啊？对了，在问清楚酒的名字之前，侍者，也请给我一杯同样的酒吧。

则子 您真无聊，真可怜。（边说边同定子嘀咕）

宫村 不，我还不到无聊的时候。想我一生戎马倥偬，征战南北，那样的生活才符合我的性格。（又瞅着别的女子）夫人，您那扇子在哪儿买的？啊，我只是随便问问。我也想给太太买上一把。（交谈）

坂崎 （一心想挤入妻子同则子的会话）哎，那个，那个问题嘛……

定子 什么事啊？

坂崎 不，没什么。（颇为沮丧。又同则子快速交谈起来）所以说嘛，我从前也说过了。这种事，实际上……

定子 什么事啊？

坂崎 不，没什么。（颇为沮丧）

（此时，下首楼梯上呼声高朗）

呼声 内阁总理大臣伊藤博文阁下夫妇光临！

（伊藤夫妇上。伊藤和影山握手，亲吻影山夫人手背。亲吻时间颇为长久）

伊藤 哎呀，晚会真热闹啊！我打算明年在我那里举办一次化装舞会。这是内人想出来的。是吧，梅子？

梅子 到时候，请你们夫妇一起光临。

影山 谢谢。那边舞厅，请。（伊藤夫妇悠然地接受众人行礼，走进舞厅）从横滨开来的特别快车，应该是九点到达新桥车站。

朝子 外国人士都是乘坐这趟列车来的吧。

影山 论时间该到了。

呼声 大英帝国水师副提督哈密敦阁下及海军士官一行光临！

朝子 啊，第一波客人到了。

（英国副提督和海军士官们，逐一同影山握手，亲吻朝子手背，随后去舞厅）

呼声 陆军大臣大山岩阁下夫妇光临！

（大山一身戎装登上楼来，随便向影山夫妇打了招呼，接着，碰见宫村）

大山 嗬，宫村。贵公很少到这种地方来。

宫村 贵公也不适合跳交际舞啊！

大山 啊呀，真可谓妇唱夫随嘛。内人在家中搞了个交际舞学习会啊。（其间，宫村夫人和大山夫人在交谈。大山压低嗓音）……但是，那个，影山夫人就是个举世无双的美人儿。一旦被伊藤公瞟上一眼，就麻烦啦。

宫村 伊藤公这个人，刚才只是淡淡地寒暄一下，他是奔着交际舞会而来的。

（大山夫妇、宫村夫妇也进入舞厅）

呼声 大清国陈大使阁下一行光临。

（身穿华丽的镶嵌着金银绣花的中式服装、留着辫子、垂着胡子的大使一行上场，向影山夫妇施中国礼之后，进入舞厅）

（此时，突然奏起方舞[1]舞曲，响起掌声）

影山 开始跳舞了。

朝子 我们也去跳舞吧。

（这期间，好几对外国夫妇、日本夫妇结伴上楼，一一和影山夫妇相互致意，随后进入舞厅。舞台一时空无一人。不久，伴随着方舞舞曲，由上首露出舞者队列的一端。其中有大德寺季子、显子、久雄等人的面孔。片刻间，

---

1 流行于十八世纪末和十九世纪的欧洲及其殖民地，由四对舞伴站成四方形进行舞蹈。

舞台上顺序出现跳舞的圆圈，接着又从右首消失。舞台空无一人。舞曲继续响起。侍务长自下首阶梯快步上楼。他头发散乱，转头回望楼梯下方，急匆匆跑进舞厅，又立即同朝子一起折回。影山悄悄尾随其后，伫立于舞厅入口）

朝子 你说什么？勇士……上楼来了？不，不可能。绝不会有那样的事情。

侍务长 人们都聚在一楼想逃走，他们挥舞钢刀，又恐吓，又嘲笑。一楼的装饰全都给毁坏了。

朝子 不会吧，怎么会这样呢？

侍务长 再这样说下去，他们会趁机上楼来的。

（下首楼梯传来噼里啪啦的响声，以及哭喊声和大笑声）

朝子 （决然地）我来处理。绝不可惊动宾客。你的责任是告诉侍者们，不要让客人到这座房子里来，请大家都集中到舞厅去。明白了吗？（再次传来哭喊声和野蛮的笑声）

侍务长 是的，明白了。

（侍务长正要去上首舞厅，站在那里征求影山的意见。影山怒目而视，令他走开。交肩而过的久雄、季子和显子上场。朝子决然下楼。久雄、季子和显子坚定地守望着她。传来杂乱的登楼脚步声）

朝子 （站在楼梯上，俯视下面）不准上楼。不许再上来一步！

（影山站在上首内楼梯上发信号，招呼飞田。飞田和影山伫立于上首楼梯口）

朝子 怎么了？你们以为这副样子能吓倒我吗？我不怕什么钢刀。退下去！快，快些退下去！

久雄 （激昂地）我们被骗了，这是个骗局！那家伙不光背叛了我，也背叛了母亲。好吧，看我如何收拾你！

显子 久雄君！久雄君！

久雄 胆小鬼，看我如何收拾你。

（甩开两个女人。打开露台的门扉，走出户外。显子紧抱季子，浑身战栗）

朝子 你们一定要上楼吗？那好吧，那就请先杀死我再上楼。请快些把我杀掉！

影山 （小声，对飞田）还等什么，快些让他们解散。

（飞田畏畏缩缩，急匆匆走下内楼梯）

朝子 没志气的东西！挥舞钢刀，也不敢杀死一个女子吗？来呀，快上来啊，快把我杀了吧。你们上来，把我杀了吧。

（说话之间，拔刀的人们准备退去。朝子转身向上首走来。影山、季子和显子迎上去，走近她。朝子盯住影山）

朝子 （欲倒地）终于退回去了……终于走了。

季子 您真行，真勇敢啊！您豁出性命，保卫了晚会。

影山 朝子，他到底没有守约。

朝子 正像您所说的，大家都遵从您的指示。（突然发现）久雄呢？久雄在哪里？（季子和显子俯首不语）久雄呢？久雄在哪里呀？

（此时，户外接连传来两声枪响）

朝子 啊！（倒在影山怀中）

（再度奏方舞舞曲。跳舞的人们推开侍者

的阻拦，从上首出来，在舞台上跳跃，不久，又像退潮一般回到上首。舞台上只有影山夫妇和季子母女。露台上人影晃动）

朝子 久雄！你……

（然而出现的是清原，穿着大礼服，胸间的扣眼里别着序幕时的那朵菊花。从面部表情看上去，浑身的力气都用光了。他走进来，呆然而立。众惊讶）

朝子 您还活着？（瞬间浮现喜悦，忽然袭来不安）久雄怎么样啦？

清原 久雄……死了。

显子 啊！（脸孔埋在季子怀中）

朝子 （激昂地）没想到您是这么一个人！您破坏了约定，您这个胆小鬼。久雄就是因为这个而死去的。您背叛了我和久雄母子二人，恬不知耻地活着。

季子 这么说，久雄君是您的……

朝子 一开始就在欺骗我，做出的约定根本不打算遵守。过了二十年后，今天终于明白了。您是个不值得爱的人。尘芥般的人，胆小鬼。那枚勋章您不配戴它。（从扣眼里揪掉菊花，踩碎在地）这下子好了。（将踩碎的菊花又拾起来）这才符合您。一朵踩碎的污秽的菊花，这才是您的勋章。来，把这个拿回去吧。这样一来，您就可以苟且偷生、长命百岁了。我这一辈子，再也不愿见到您。

（清原从朝子手中接过菊花，装进口袋。这时，音乐休止，客人三三两两汇聚而来。影山命令侍者，巧使客人退场。飞田从上首内楼梯上，走近影山）

清原 请允许我说上几句吧。我正从马车上下来，树荫里就有人掏出手枪对我开了一枪。子弹从我身边穿过，打在马车的天盖上。我立即用护身手枪射击恶人。子弹击中他的要害，恶人当场倒地。野外灯光之下，这才看清他的面孔。原来是久雄。

飞田 （昂奋地）要是委托给我就好了。委托给我那就好了。

（拔出手枪朝向清原，影山以手制止，命他收起手枪）

清原 （再度取出口袋里的菊花，用手揉碎）……久雄是我抱在怀里咽气的。看到他那副表情的时候，朝子夫人，这是我的直感，终于了解了一切。你懂了吗？久雄并不想杀我。久雄想让我杀掉他，那才是他的复仇！

朝子 什么？

清原 那样近的距离，瞄准我的子弹本来不会打偏的。你懂了吗？那孩子射击我的子弹打飞了，是希望我杀死他呀，一个他所憎恶的父亲，一个终于未能回报儿子之爱的无用的父亲！……我明白，那孩子从我这儿未能获得任何父爱，最后只能期望父亲手枪里的子弹，企图使我悔恨终生。他是想叫我朝夕不会忘记他这个儿子。

飞田 （小声地）先生一直未能看透那个青年。

影山 （小声地）是啊，我没看透他。

朝子 那么，久雄……

清原 影山先生，你很巧妙地杀死了政敌，比想象的还要手段高明。我真服了你啦。我的理想，我所向往的政治全完啦。只要没有哪位亲切的人士将我杀死，我就只能苟且偷生地活下去，虽然事实上，这不能说是活着。因为我已经是个不止被手枪子弹杀死的人，我决不会再找你的麻烦了。我的理想失败了，政治也失败了。久雄完成了你的命令，他对你的忠实远远超过你的想象。我要给他建一座墓。朝子，我虽然失败了，但你的丈夫会越来越成功的。只要每天早晨太阳从东方升起，这件事就肯定无疑。只是有一件事，我要跟你说清楚。

朝子 我，或许错怪您了，在应当携手悲叹的时候，反而辱骂了您。我，我真……

清原 没关系。我只有一件事要说明白。在这里出现的勇士，不是我的亲信。

朝子 哎?

清原 那些闯入的勇士，不是自由党的残余，他们都是冒牌货。你的丈夫叫他们装作我的部下，以此来要挟我。

朝子　（开始面对丈夫）那么说，是您！

清原　你明白这一点就好。我是个守约的人。再见吧，我们再也不会相遇了。

朝子　等一等！

显子　妈妈，我已经没有力量活下去了。

季子　显子……显子……

朝子　等一等！

（清原从下首下。同时，飞田从上首内楼梯退场）

朝子　（决然地对显子）显子小姐，不要再说傻话了。不管发生什么事，都要活下去。说句残酷的话，久雄他并非为你而死，因此你不能白白地追他而去。难道不是吗，季子夫人？

季子　说得很对。这话对于显子，真是比什么都重要的一剂良药。（瞥一眼影山，对着朝子）我明白了。本来嘛，这就是我的愿望，这种事……

朝子　您说什么？

季子　如果您决心已定，随时可以来我家。我家就是您家，因为您一直待在影山家，这只能带来不幸。

朝子 谢谢您。我一定留心。

季子 您一定要坚强起来。回头我们一同去看望久雄君的遗体。（推拥着女儿从上首内楼梯下）

（影山夫妇激烈对视，沉默良久）

朝子 （冷静的语调）好好想想您干的事吧。政治、政治、政治……都是政治问题。要是这样，那也用不着谴责您。

影山 政治、政治，这个政治嘛。不过，我所做的事，可以明白地告诉你，都属于爱情问题。我这番结论，你怎么看？你能说这个事件不是因爱情而引起的吗？……我呀……我很嫉妒。

朝子 （轻蔑地）您这个人！

影山 好吧，你听着。我呀，对于你和清原之间难以言说的信赖，十分嫉妒。那种透明的、那种容不进他人的不需要语言的信赖，令人嫉妒。你和清原虽然分离那样长久，依然能够互相信赖。我和你之间，有那么一星半点信赖感吗？

朝子 没有过。不过，您不喜欢那样，我也就服从您了。

影山 别犯傻啦！大凡人类，都不可像你和清原那样，无条件地互相起誓，互相信赖。这是不允许的。人的世界，本来就不容许这样。

朝子 政治的世界里有没有？

影山 我所思考的是在人的世界里。尽管如此，对这个不应该有的东西，我也十分嫉妒。你认为我没有人性，对吧？你和清原，如同魔术师一样，织成一根透明的丝线，制成奇妙的衣服，将它悬挂起来。于是，靠着这种魔力，人类世界严冷的法则被隐蔽起来，而庞大的桃色世界、互相信赖着的神话的世界、堪称青年们理想的世界，渐渐展开了。对这些东西我无法忍受。在这一点上，久雄和我相似，那孩子到底是个小青年，他故意欺骗了我，对你和清原间信赖的神话，从背后给予了援助。

朝子 那种信赖没有被破坏。

影山 当这个还没有被破坏的时候，清原早已成了行尸走肉，再也不理睬你了。

朝子 我都一个不落地逐一领教了。您不是说这是爱情事件吗？那么，我问您，您为何要如此花言巧语地欺骗我呢？

影山 我的意思是说，一切都是为了你。不错，我要弄了一些手段，但关键是要让你看看，那就是为了要摧毁由人和人的信赖所成就的神话。一切都可以顺利地进行下去。久雄要是杀死清原，你就会终生相信那些勇士就是真正的勇士。你或许说我欺骗了你，但比起神话，欺骗能使人变得聪明。

朝子 您通过假扮勇士这出戏，就是为了将清原骗到这里来吗？

影山 为了将清原骗来，有何必要利用假扮的勇士？只不过是为了告诉清原勇士们闯入了。

朝子 您是说，那些挥舞钢刀的人野蛮的舞蹈，都是对我一个人的慰问演出，对吗？

影山 说的是啊。你想想看，其他还有什么必要吗？就是单为你一人做出的，是我羞惭而文弱的爱情做出的。

朝子 （渐渐抑制不住兴奋）不，这是为了刺激久雄而做出的计划。

影山 那小子可以随时变得激昂起来。况且，他背叛了我，做出了他想干的事情。

朝子 骗人！是谁把手枪给了久雄？

影山 一切都出于我的嫉妒。

朝子 啊！您玷污事情的手法真多啊！

影山 什么玷污？我是在清洗。你认为是政治的东西，我却用我的爱情加以清洗。

朝子 不要再提什么爱情和人性了。那种语言并不干净。一旦从您口中说出，就已经受到了污染。唯有在完全摆脱人的感情那一时刻，您才像冰块一般洁净。请不要再用您那黏糊糊的脏手，满捧着什么爱情或人的感情送到我面前。这真的不像您啊。请您再像您一次吧。不要再被政治以外的心灵的问题捆住手脚。正如清原君所说，您是成功的政治家，不论做何事，都能如愿以偿。此外，您还有什么欲望，是爱情？这不是很滑稽吗？是心灵？这不是很可笑吗？那些东西，仅仅为没有权力的人后半辈子所珍视。您总不至于将乞丐儿子喜欢的廉价的玩具也想弄到手吧？

影山 你一点也不理解我。

朝子 我理解您。您听我说，在您看来，今晚只是死了一位无名的青年。其他什么事也没有。比起革命和战争，这不过是小事一桩。到明天，一切都会被遗忘。

影山 眼下，你的心灵在说话。在愤怒与悲叹的满潮之中，你的心灵在说话。你以为，所谓心灵，仅为你自己一人而备有。

朝子 自结婚以来，这是您第一次这样看待我这个正直的人。

影山 你是说，这种结婚对于你是一种政治，对吗？

朝子 可以这么说，我们是一对相配的夫妇。实际上，也是相配的……不过，好事情不会永远继续。今天，就是我离开您的日子。

影山 嗬，你要去哪儿？

朝子 我要随清原君而去。

影山 你同死人结婚，很愉快吗？

朝子 一切都会美好而顺利地进行下去。同死人结婚……还有哪个女人，会像我一样娴熟而富有经验？

（蓦然响起华尔兹舞曲）

影山 哎呀，哎呀，又开始跳舞了。

朝子 在这儿子的丧期，母亲跳起了华尔兹。

影山 可不是，面带微笑。

朝子 虚假的微笑，也仅限于今日快乐地展示。（一边哭泣）快乐地展示啊，任何虚情假意，瞬间就将消逝！

影山 王妃殿下即将光临。

朝子 我将心情舒畅地等待迎候。

影山 瞧，那帮青春焕发的人，满肚子想入非非，渐渐地跳跃着向这边走来。鹿鸣馆……正是这样的欺瞒，逐渐将日本人引向聪明。

朝子 忍耐一下吧。虚假的微笑、虚假的晚会，不会永远继续下去。

影山 对外国人，对全世界，要隐瞒，要欺骗。

朝子 世界上，再不会有如此虚假和恬不知耻的华尔兹了。

影山 然而，这样的华尔兹，我要继续跳上一辈子。

朝子 所以，这才是老爷；所以，这才是您。

（跳舞的一群，自上首而出，展现于整个舞台。影山和朝子相互施礼，挽手加入舞蹈的行列。交谊舞持续良久。音曲休止。此时，影山夫妇位于舞台中央。远处，突然响起微微枪声，传遍四方）

朝子 哎呀，这是手枪的响声吧？

影山 你听错了，兴许是放焰火吧。是的，是徒然升起的欢庆的花火。

（自“哎呀，这是手枪的响声吧”至“兴许是放焰火吧”，音曲休止。其间，全体静止不动。接着，再次响起华尔兹舞曲。众人狂舞之中，幕落）

——**全剧终**——

作者的话

《鹿鸣馆》

鉴于我的作品安排在年末上演，我还没有仔细考虑过，也没有形成固定的腹稿。《鹿鸣馆》这个题目，本想以鹿鸣馆时代为舞台，描述条约改正的问题，以及对于接踵而来的反逆时代的预感。虽然对当时做了充分的考证，但假如写成戏剧很困难，那么也有改作其他体裁的可能。不过，构思时是以鹿鸣馆本身为中心展开情节，登场人物众多，其中不乏名人，并以全盘模仿外国为政策的马基雅维利主义的贵妇人为主人公。最后，以大型舞蹈方舞的场面，结束全剧。

文学座演出节目表·昭和三十一年（1956）三月

关于《鹿鸣馆》

写作之前和写作中途，以及完稿之后，就这部作品，一直有着各种各样的整体上的感想。然而，脱稿一个月后的今天，已经没有任何感想了。写作是缥缈不定的。但如果是小说，写完之后，抹一把嘴角，就算完事了，但戏剧不行。从第一天起，就一直离不开自己的作品，宛如离不开已经分手的女人，令人提不起精神。

这部作品，好歹作为“戏剧”而完成了。在考证史实与时代方面有些麻木，极具杜撰性。明治十九年十一月三日，在鹿鸣馆举办的天长节舞会上，绝对没有发生这里所看到的那桩事件。但是，历史的缺点，在于只描写已经发生的事情，不描写未曾发生的事情。于是，这就给各类小说家、剧作家以及诗人等一伙人留下了空隙，任他们想象。

这回请了松浦竹夫先生担任导演。以往，松浦先生一直担任我剧本的助理导演，这次才有了同他交流的机会。他工作热情，为人诚实，对于拙作的理解非常深刻。由于我对他十分信赖，我们决定并肩完成这项工作。

扮演女主人公的是杉村春子女士，对于她长期以来的演出，较之一名作者，我更愿意做她的一名观众。看起来，在某种形式上，外国旅行对她有一定的影响。我对杉村女士说："请您怀着一副威风凛凛、唯有老娘才是天下第一人的心情投入本剧的演出。"这位即使有意逞强，但总显得几分文弱的杉村女士，我还是期望她创造出一位君临天下、举世无双的女主人公的角色来。

文学座演出节目表·昭和三十一年（1956）十一月

《鹿鸣馆》记

对于所谓鹿鸣馆时代，从孩提时代起就很向往。现今的年轻人，据说连"鹿鸣馆"三个字的发音都不知道，当然不会具有什么向往。我读初中二年级时，日本绘画课允许自由选材，曾经在绸缎上描绘过鹿鸣馆的贵妇人。

战争结束后的被占领时代，稍稍类似鹿鸣馆时代。堀田善卫先生的小说，描写了同驻日盟军总司令部有关系的贵妇人，但在最富现代色彩的方面，她们和鹿鸣馆时代那种伴随阶级没落，一方面卑微地对外国人阿谀奉承，一方面又具有新兴国家的潜能与古老封建性矜持的女人无法相比。

皮埃尔·洛蒂[1]的《江户舞会》是芥川龙之介《舞会》的先行之作。芥川的《舞会》是短篇小说的杰作，突显了芥川文学的一切优点，较之后期那些衰弱的作品，更能引起我辈的喜爱。这出《鹿鸣馆》戏剧，舞台上再现了洛蒂和芥川描写过的当时的舞会。当然不是原封不动地再现，而应该是为我们的形象所曲解，

1 皮埃尔·洛蒂（Pierre Loti，1850—1923），法国小说家，曾任海军军官，两次来日本，出席过鹿鸣馆的晚会。作品有《菊子夫人》《冰岛渔夫》等。

抑或较之现实更加美好、现在看来不觉得奇怪的舞会。当时的锦绘上也有民众观看鹿鸣馆的画面，露齿的小个子日本人，穿着不合体的燕尾服，围着外国人的屁股转来转去；小偶人般的女子，身裹狼外婆似的夜礼服，抓住身高二倍的外国男人跳舞。那种风景我虽然曾经见到过，但我要描绘的不是这类的讽刺画。

这出戏可以说是我第一次“为舞台演出艺术”而写出的作品。戏剧这东西，当然应该如此，但鉴于作者时时会出现种种个人想法，并非一成不变。不过，此次这样的私欲似乎受到了控制。自搁笔那一刻起，我就为促进“演员”这一最抽象的艺术家开始活动，为推动“舞台艺术”这一最为抽象的纯粹的艺术运动的开始，全力投入这出戏的组织工作。

《每日新闻》·昭和三十一年（1956）十二月四日

《鹿鸣馆》后记

《鹿鸣馆》是为文学座二十周年纪念公演而受命写作的舞台脚本，发表于一九五六年十二月号的《文学界》。同年自十一月二十七日至十二月九日，于第一生命会馆初次公演。主要职员及演员如下：

导演　松浦竹夫

装置　伊藤熹朔

演员表

朝子……杉村春子

影山伯爵……中村伸郎

季子……长冈辉子

显子……丹阿弥谷津子

清原永之辅……北村和夫

久雄……仲谷升

飞田天骨……宫口精二

草乃……贺原夏子

宫村大将……三津田健

*

壮大的戏剧阵容，以及国外游历归来久未登台的杉村春子的参演，使得剧院呈现场场满员的盛况。作者也乘兴客串，以没有台词的木匠这一角色出现于第三幕，鉴于歌德也扮演过俄瑞斯忒斯[1]。此种客串务必请给予谅解。

关于鹿鸣馆时代的资料，获得了东大明治新闻文库的西田先生的大力支持。

排练过程中，岩田丰雄[2]先生直接给剧场写信，表示鼓励。信中说："这出戏将十九世纪浪漫剧（萨尔杜[3]、斯克里布[4]）的骨法[5]活用于现代。"然而，我

1 希腊神话中阿伽门农之子。阿伽门农被妻子克吕泰涅斯特拉谋杀后，他为父报仇，杀死母亲，继承父位。

2 一名狮子文六（1893—1969），本名岩田丰雄。日本小说家、剧作家，同岸田国士共同创办文学座。

3 萨尔杜（Victorien Sardou，1831—1908），法国剧作家，师承斯克里布佳构剧传统，剧本卖座率极高。文学价值较高的有《祖国》等。

4 斯克里布（Eugène Scribe，1791—1861），法国剧作家，被视为佳构剧的鼻祖。

5 绘画六法中的骨相法，为充分表现对象骨骼而采用的线条勾勒手法。

这个作者本身不知道什么萨尔杜和斯克里布，所以谈不出什么见解来。但这期间，渐渐引起我的注意，每当听到人们提起“古典剧”什么的，背后就伸舌头，总想说上一句：“我不懂什么浪漫剧……”

《大障碍》刊载于一九五六年三月号《文学界》，这是一篇轻松的速写作品。文中出现的关于青山墓地的会话，出自和亡友母亲交谈中相似的体验，于是随手用上了。而且，那种可怖的印象，和母校后辈非正常死亡的人事案件组合在一起了。

《道成寺》是《近代能乐集》第六出剧作，为一九五七年一月号《新潮》杂志而写作。郡虎彦先生有同名的一部名作，因而，我在写完《道成寺》之后，长期踌躇不定。最后，无法可想，依旧命名为《道成寺》。

东京创元社刊《鹿鸣馆》·昭和三十二年（1957）三月

美丽的鹿鸣馆时代——关于《鹿鸣馆》的再演

《鹿鸣馆》虽说是文学座颇为叫座的一出戏，但"新剧"[1]的观众之所以爱看，其原因并不在于大家都完全认可此种戏剧样式，而是希望这种给新剧演员带来强烈反抗的台词，从另一种意义上，也给"新派剧"演员同样带来强烈的反抗。

说起来简单，但此次《鹿鸣馆》再演的目的，是想使之永远成为"新派"的创造，而不是文学座的模拟作。还有，即便是演员阵容，同样有待于水谷、森以及伊志井等人，共同进行一番有别于文学座的杉村、中村以及北村等人的全新的艺术创造。

《鹿鸣馆》的写作动机在于情节上是典型的通俗剧，以及台词具有典型的智慧性。既然一切要素都归结于台词，那么，台词的紧张程度一旦有所松弛，剩

---

1 明治末期，受西方现代戏剧运动影响，产生同歌舞伎以及新派剧等旧有戏剧抗衡的一种戏剧，统称"新剧"，后来多指话剧。早在明治中期，由歌舞伎改良而生的以世俗民情为题材的剧作形式，则称为"新派剧"。二十世纪初，逐渐衰落，对中国早期话剧有过直接影响。

下的就只是通俗的爱情剧了。为防止这一点，我一向强烈主张无剪裁演出，如今，“新派”比“新剧”更具有广泛的观众，我相信他们具有充足的能力敢于将这出戏剧无剪裁地呈现于观众面前。

水谷先生很早以前就希望《鹿鸣馆》上演。这位不死鸟般的“戏剧鬼才”，克服重患，将自己于复苏世界中获得的新鲜感慨，悉数用于指导女主人公朝子形象的塑造之上。想起这一点，作为作者的我，实在感到幸运。

鹿鸣馆时代，从当时的锦绘和川柳[1]上可以知道，那确实是一出滑稽、奇异地模仿文明开化的猴戏。现在，我们在舞台上所看到的父祖时代，笼罩着一派乡愁，早已化作日本现代史上罕见的五彩缤纷的罗曼蒂克的时代了。

当然，时代的间隔美化了一切，但原因不仅限于这一点。如此改变现实的时代，将其形象转换为有异于现实的东西，并加以固定下来，这种作业正是作家

1　分别指画在锦缎上的绘画和具有幽默趣味的短诗（俳句）。

的工作。我们将这一任务交托给了皮埃尔·洛蒂（《日本之秋》）和芥川龙之介（《舞会》），这里再加上一篇《鹿鸣馆》。为此，作者或许会获得个“异想天开”的骂名吧？

新派演出节目表·昭和三十七年（1962）十一月

《鹿鸣馆》再度上演

如果说文学座的《鹿鸣馆》是亚欧堂[1]风格的铜版画，那么新派的《鹿鸣馆》就是歌川[2]风格的锦绘。从某一个侧面将原作扩而大之，各呈其姿，各吐其芳。对于作者来说，这简直就是意想不到的幸运。

---

1 亚欧堂田善（1748—1822），江户后期西洋画家。初从僧月仙、谷文晁，后去长崎跟随荷兰人学习铜版画。代表作有《两国桥图》《浅间山图屏风》等。

2 江户后期浮世绘流派。将西洋画的远近法引入浮世绘制作。以歌川丰春为宗祖，涌现出“役者绘”的歌川国贞、“武者绘”的歌川国芳，以及风景画家歌川广重等。

尤其是新派初演，水谷八重子病愈后首次登台。当她于序幕的花道上惊鸿一现，其美艳、青春及魅力，令初场观众赞叹不已。那景象给人留下新鲜的记忆。刹那间使人感到，经过长久的期待之后，今天的世界终于迎来了一位伟大女优的复苏。这真是个令人兴奋的瞬间！

但整体上看，当初的东京公演，稍稍带有摸索之感。这回在熟练的基础上再度演出，令人高兴。初由皮埃尔·洛蒂的《日本之秋》，经过芥川龙之介的《舞会》，再到我的《鹿鸣馆》，明治最美丽的回忆，一定会像大朵菊花一般绽放异彩！

新派演出节目表·昭和三十八年（1963）十月

早晨的杜鹃花（一幕四场）

时间

昭和二年（1927）四月二十一日凌晨二时至清晨

地点

草门子爵府内

上场人物

草门子爵夫人绫子

前来出席晚宴的众多客人

小寺胜造

其他女佣等

郡司男爵遗孀繁子

鹿子木正高

管家山口

阪内伯爵

阪内伯爵夫人

桑原男爵

胜本子爵

胜本夫人

第一场

草门家西式房间内，景泰蓝大花瓶里水养八重樱。壁炉台上放置着巨大的大理石座钟。

凌晨二时许。幕启，郡司男爵遗孀繁子和小寺胜造伴着唱片音乐，跳查尔斯顿舞[1]。众客围观。一曲终，人们对繁子交口称赞："繁子夫人跳得真好""记性最好的还是繁子夫人""查尔斯顿舞很好看

1　二十世纪二三十年代在美国流行的一种摇摆舞，以南卡罗来纳州查尔斯顿城命名，其舞蹈旋律来源于 1923 年詹姆士 · P. 约翰逊在百老汇创作的歌曲《查尔斯顿》。

啊”“繁子夫子很勇敢”云云，却对胜造一概无视。跳舞的两个人坐在舞台一头的椅子上休息，女佣送来饮料。又响起别的音乐，有两三对舞伴出场。——繁子短发、着洋装，胜造穿着最新的流行时装。

小寺胜造 瞧，没有一个人提到我的名字，受赞扬的都是你。在他们眼中，我就是一个外星人。

郡司男爵遗孀繁子

这些您不必介意，我根本不在乎那帮人。

小寺 您有资格不在乎，而我没有。您本来就是郡司男爵的遗孀嘛。我呢，可以说只是一个暴发户。

繁子 小寺轮船公司的社长，还是亚洲橡胶公司的社长。成天待在社长办公室里飞扬跋扈的您，能到这里来，真是可爱极啦！

小寺 无论是谁，换个不同的地方就会可爱起来。

繁子 照这么说，您还是不要到这里来为好。

小寺　是谁邀我来的呢？

繁子　啊，真讨厌，都怪我……我完全懂了哟，我知道。

小寺　知道什么？

繁子　我知道，你呀你，你对这家的女主人……

（胜造不由一惊。此时，音乐曲终。众人皆对老年客人的舞姿拍手，议论纷纷。胜造没有参与评论，他正想离开，繁子用力拉住他，乘着酒兴，开始大声交谈。众人继续低语，倾听）

繁子　等等！要说这家的绫子是子爵夫人，那我也是男爵夫人啊。您如果喜欢华族[1]女人，也不必挑肥拣瘦，不是吗？绫子长得漂亮，有古典风韵，举止高雅，像是画中走下来的美人。我虽说学不来她那番庄重，可也是民众的知己，留短发、穿洋服、跳查尔斯顿、开四轮车……这些有什么不好

1　华族是日本于明治维新至“二战”结束之间存在的贵族阶层，分为公爵、侯爵、伯爵、子爵、男爵五个等级。

的……（迁怒于周围客人）有什么不好的。小寺先生，您真是矛盾的集合体。留短发、穿洋服、跳查尔斯顿，这些（扫视一下周围客人）都成了旧时代遗老们茶余饭后的谈资。同时，受到这些遗老冷落的小寺先生您，却迎合这帮人的趣味，根本不把我放在眼里。（啜泣）

小寺 我很为难，诸位，其实……

阪内伯爵 （打扮得像阿道夫·门吉欧[1]一般时髦的老绅士）您表现得很好，郡司君。（将手搭在小寺的肩上，表示安慰）即使革命爆发之后，我们再来搞乱也不为晚。唉，虽然我活着的时候，是等不到了。

桑园男爵 您是说繁子夫人像个女斗士，是吧？

阪内伯爵夫人

好了，您要打起精神来啊……

（众女士都来呵护安慰繁子，将她送

---

1 阿道夫·门吉欧（Adolphe Jean Menjou，1890—1963），美国演员。因主演《犯罪的都市》，获得第4届奥斯卡金像奖最佳男主角提名。

到上面的房间，只剩下小寺一人）

小寺 （看手表，自言自语不住嘀咕）啊，已经两点多了，我该回去了……（向着身边青年鹿子木正高）……我想去给令姊打个招呼……

鹿子木正高 （二十岁左右，眉目清秀。女主人绫子的胞弟）不用啦，反正一年有好几回夜宴，以后再说。

小寺 可不，我成了多余的人了。

鹿子木 不可这么说。我也非常厌恶那帮虚张声势的家伙。死抱着什么爵位、祖传的遗产不放，固守着贵族院发霉的宝座，一辈子起居于此，他们伟大在哪里？至少我绝对不干。老实说，从一开始看到那帮人对您态度冷淡，没有礼貌，我就十分生气。说什么二十年前，您还只是繁子夫人家的守门人，什么也……

小寺 啊，请你不要再提这些了。

鹿子木 我对繁子夫人的态度也感到不满。我很尊敬您，小寺先生。这些人当中，恐怕只有我一个……

小寺　你这么说，我真想钻地洞啊……不，我也是一代财雄，倘若走上社会，不弱于任何人。说起华族，已经不行了。首先，他们的脑袋瓜子……

鹿子木　繁子夫人也不行啦。一到那里，就……

小寺　一到那里……你的胞姊等……

鹿子木　嗯，她是贵妇，最后的贵妇。残留枝头的樱花，晚霞中的樱花。我很尊敬姐姐，但不同于尊敬您，那是别一种意义的尊敬。

（绫子一身和服，从左侧上）

绫子　啊呀，对不起。我中途离开了一会儿，丈夫一直都那副样子，叫我稍待一会儿，就这么……

（从上首窥探繁子的女人们，这时都回来了）

阪内夫人　想必您睡得很香吧？

绫子　是啊，假若睡在这里，那对客人太失礼了。

再说，要是感冒了……

阪内夫人 您是否唱过一首摇篮曲？

绫子 （微笑）那已经……

鹿子木 绫姐，小寺先生他说要回去了，请您挽留一下吧。

绫子 今夜不是说好了要一直玩到天亮吗？用不着早回家呀。

小寺 ……啊！（眼睛一眨不眨凝视着绫子）

桑原 我说，夫人，大伙刚才一致认为，阪内伯爵很像阿道夫·门吉欧。

绫子 阿道夫·门吉欧是什么呀？

阪内夫人 眼下正受欢迎的一部电影里的明星。您没看过《不良老年》[1]吗？

阪内 绫子夫人不大看电影。唉，（一直盯着绫子）真看不出您喜欢那些热热闹闹的场景啊！即便是今晚的宴会，大概也不会引起您的兴趣，是吧？

---

1 美国默片 *The Ace of Cads*，1926年上映，由路德·里德导演，阿道夫·门吉欧主演。

绫子　　哦，那也……

阪内　　我懂了，我懂了。您的兴趣全都无条件服从您家先生了。他喜欢人多、热闹，喜欢讲排场，生怕寂寞、冷清。可他自己一喝酒就烂醉如泥，然后睡到不知南北。所以，我们虽然应您家先生之邀，实际上是被您的魅力所吸引，不顾您厌恶人多，特来这里一睹芳颜。这才是我们此行的真正目的啊！

桑原　　我不希望伯爵马上说出前来的目的。您欺负这样一位诚恳的好人，究竟想干什么呀？

阪内　　今晚正好只有她一人，狠狠戏弄一下。您就让我把心里话全都掏给她吧。

鹿子木　姐姐没有说谎。

小寺　　是的嘛，夫人绝不是爱撒谎的人。

（众人议论纷纷。绫子始终面带微笑，坐在中间的椅子上，等大家平静下来）

绫子　　那么，我来坦白吧。我呀，说实话，没孩子，并不喜欢住在这么一座空荡荡的大宅子里。大家来到这里，我是很高兴的，可我不通世故，拙口笨腮，语言无趣，想必使大家很是扫兴吧。

小寺　看您说些什么呀。根本不是那么回事……

（看到小寺说服大家安静下来，绫子微笑着）

绫子　您能这么说，我太高兴了。不过，这样过生活，一切都是为了丈夫。他最了解我，说我像个孩子。其实，我比孩子更不懂事，更软弱，一般的事情我都不会做。每天只顾享受，无忧无虑，随心所欲。这些全都是仰仗着丈夫。丈夫也是个生来手里不管钱的人，从不知道东西的价格。要是没有我陪他，他到了海港码头，看见中意的外国军舰，也许不问价钱，当场就会买下来。说不定哪天看上银座咖啡店的招牌，也会立即花大价钱买回来。哪里去找像他这般心地纯净、童心未泯、神仙般的人物啊！

阪内　您真疼爱您的丈夫啊。

绫子　所谓爱，多半就是这样的。他就像热带鱼，养在豪华的玻璃水槽内，围着美丽的海藻，昼夜都生活在恒温之中。在我看来，他就是外国那种奇妙的兰花般的人，要人照顾，要费钱财，但却是个活得有滋有味的人。假如我有朝一日随心所欲，过上自己喜欢的生活，那就像给水槽里换上冰水，我丈夫这条热带鱼，就会立即死去。

阪内夫人　子爵要是做一名艺术家该多好啊。

绫子　我家先生对艺术不感兴趣。他这个人本身就是一个小巧玲珑的可爱的艺术品。

阪内　哎呀哎呀，您实在疼爱着他。不过要是发生革命，该怎么办呢？

绫子　我想，革命风暴到来之前，可以看到地平线上黑云翻卷，骤然刹风……到了那个时候，丈夫大概能立即嗅到暴风雨的气息，自然而死。

阪内　唔，获得妻子这般信赖的丈夫很少，没有获得妻子这般信赖的丈夫也很少。

（这期间，小寺渐渐陷入沉思）

胜本子爵 我稍稍懂得些财政，银行会在革命之前一家接一家倒闭。（阪内不悦地望着胜本）就在两三天前，还以为平安无事的“台湾银行”[1]停业了。可怕，简直太可怕了。巨大的恐怖就要到来了！

阪内 话虽如此，可这里的草门家没有事。他们保有十五银行[2]的账号。

胜本 要是这样，那就没问题。政府即便毁掉台湾银行，也绝不会毁掉十五银行。我们华族大部分都是它的股东，在那里有存款。那家银行的资金来自宫内省[3]金库，要是把它关闭了，日本的社会结构就将变成一团乱麻，不可收拾。国家高层以及皇室的

---

1 日本统治下的银行，1899 年设立，“二战”后倒闭。

2 成立于 1877 年，作为第十五国立银行开业。既是华族银行，又是宫内省主要金库。1927 年因金融危机而停业。

3 政府内负责管理皇家事务的机构。1949 年以后宫内厅的前身。

藩屏也会总体崩溃。假如到了那种地步，就等于帮助赤色分子搞革命。所以，政府是绝不会将它毁掉的。夫人，草门家和您家先生都会平安无事的，您用不着担心。

阪内 （露出放心的表情。小寺注视着他的表情，倾斜脑袋思忖着）哦，您说得对，是这样。其他银行的股票且不说了，十五银行的股票，支出一百日元能赚回一百零八到一百一十日元……大地震过去四年了，上天的惩罚已经结束……尽管这样，草门子爵啊，他这个人像是一只巧夺天工的雕花玻璃，很容易被打碎。看外表十分荏弱，内心里或许还有几分坚强……

绫子 不是的……我望着丈夫，总觉得心情茫然。他这个人像孩子，笑起来声音开朗。每到这时，不知怎的，他总感到这个家到他这一代就算完了。他觉得自己就是火焰的最终一闪，秋虫生命的最后一息……（用手帕擦眼睛）

阪内 不要再担心了，收个养子吧。弟弟鹿子木君也可以。（手搭在鹿子木肩头）这可是位身体健壮、前途有为的青年啊！

胜本 怎么样？大家再继续跳舞吧。我对跳舞不感兴趣。

桑原 我想再买一栋别墅。我是个别墅迷。今年夏天，我招待你们去一趟。

阪内夫人 给乘游艇吗？

桑原 那还用说，但我不保证大伙儿的性命。

胜本夫人 今年夏天，应该买一辆敞篷汽车。

胜本 不行，要节俭。万事都要节俭。想想农村那些可怜的老百姓吧。

阪内夫人 啊，胜本君说他出身农村，看起来很不像。

（他们这段对话期间，音乐再起，大家又开始跳舞）

桑原 我还想去英国定做一套西装。

（山口管家陪同一位身穿羽织褂、六十岁光景、颇显忠厚的老人，由下首上）

山口　胜本先生，有您电话。对方似乎找您有急事。（他从容不迫地说话。众客喧哗，都未听见。绫子走过去）

绫子　什么事？

山口　胜本有电话，有人找他有要事。

胜本　（犯疑）哦，电话？半夜三更，会有什么事呢？（看钟表）已经三点了。（随管家走向下方。众人继续跳舞，或欢笑哄闹。胜本回来，站在舞台左侧，大声喊叫）诸位，出事啦！不得了啦！还跳什么舞啊！（女佣关上唱机。众安静）

绫子　（冷静地）究竟出什么事了？

胜本　不得了啦，这不是开玩笑，十五银行倒闭啦！

众人　什么？（大惊失色）

胜本　就在刚才凌晨两点半，宣布停止营业。银行门前，半夜里人山人海。我们的股票还有存款全都泡汤了！

众人　啊？

阪内夫人 （拉住丈夫衣袖）有救啦！

（阪内瞪眼，示意夫人安静。这些都未逃过小寺的眼睛）

小寺 对不起，刚才您说“有救啦”，对吧？

阪内 （愤激地）你这是什么意思？太不礼貌了。难道说错话的权利都没有吗？别不讲道理！郡司家的看家狗，恬不知耻跑来这里。滚回去！赶快滚回去！

小寺 （反而冷静地）好吧，那就失陪了。

绫子 阪内先生，请您冷静一下。

阪内 （恢复镇静）哎呀，何必呢，对他那样的人，太过分了吧。（显出很着急的样子）……这下子完啦，真的完啦。我们今后如何活下去啊！

（小寺转眼间从下首消失踪影）

桑原 别墅怎么办？那里依靠出售十五银行股票的资金正在建设之中……啊，过去的生活已经……

胜本夫人 敞篷汽车也不行了吗？

胜本 还提那些，只能拉排子车走路了。今后……

胜本夫人 （歇斯底里地哭泣）我们活不下去啦，我们活不下去啦！

桑原 不能老这样下去，得赶紧回去。诸位，不能光顾着晚宴啦！（边哭边喊，众皆准备回家）

绫子 （静静地走向鹿子木）这件事无论如何都不能对先生说，幸好他现在睡着了……

鹿子木 ……好的。

——道具回转

第二场

山口管家事务室。桌面上摊着账簿等。电话、古旧的书架。一间杂乱发霉的屋子。隔着中央的桌子，山口坐在左侧，正在查账。右侧站着小寺，似乎正要坐到桌面上去。此种场面的小寺，猝然变了一个人，成为一名精力旺盛、富有威压的事业家。

小寺 我从阪内伯爵的表现上看出来了。那样的大腕儿，早就和银行内部人员串通一气，将存款提前取出来了。实在太不像话，手段真卑劣啊！

山口 是的……是的……（慢腾腾地翻看着账簿）

小寺 你是如何管理家里财产的，你要毫无保留地讲出来。

山口 好的……马上。

小寺 你只管说，不会亏待你的。我将全心全意帮助你。

山口 是的，我会说的。不过，您这么急吼吼的，莫非……

小寺　（对方如此磨磨蹭蹭，使他有些急不可耐）你怎么啦？存款以外的股票，还有，对啦，还有不动产，这也很重要。光是这些……

山口　您说股票，是吧。（从账簿上找出来）请看。

小寺　什么呀，光有十五银行的？这些东西全变成废纸了。你既是草门家的管家，为何不把股票分散开来呢？这种……

山口　这也不能全怪我。以往大家保有的股票各种各样，三菱啦，三井啦，都有。但上一辈都换成十五银行的股票了。上一辈和十五银行的总裁，自学习院时代起就是最要好的朋友。这些似乎都是留下遗嘱的……

小寺　山林呢，山林怎么说？既然是大名的家庭，家乡应该有着庞大的宅第和山林啊。

山口　那当然了。不过，该倒运还是免不了……

小寺　所谓倒运，又作何论呢？

山口　唉，二月十一日，正好是两个多月前，家乡成立一家地方铁道公司，高价收购沿线土地。殿下听了那边的话高兴地答应了，将故乡的土地、山林，一股脑全卖光了，没剩下一分土地。

小寺 卖下的钱呢？

山口 将近十五万日元，全部……

小寺 哦？

山口 全部存入十五银行了。

小寺 你把家业全给毁了？……

山口 不，不，看您说到哪儿去了。这一切都是遵照殿下的命令。

小寺 哎？子爵不就是一位手里拿到钱连看也不看的公子哥吗？

山口 啊……夫人似乎是这么想的……

小寺 （急不可待）究竟怎么回事？你快说呀。

山口 （开始浮现苦涩的微笑）在夫人眼里，殿下就是一个花钱的大王，十五银行的存款也都所剩无几了。比起代代祖传的土地、山林……我这么说，意味着什么呢，那就是说，殿下是想要这笔现钱用啊！

小寺 你是说做给夫人看的，对吗？那是什么意思呢？

山口 哦，那可是秘密，我竟把这事也说了……殿下希望在夫人心目中留下一个天真无邪、懵懂无知的小孩子的印象，不顾一切地胡乱花钱，显得极为有趣又傻气。夫人只愿他是个可爱的孩子，从来不担心钱的问题。至于上面的人是怎么想的，我哪儿知道？不过，殿下是不是可以这么说，他永远是个天真无邪的孩子，一直对夫人撒娇。他希望被夫人揣在怀里，一切都不要跟他计较，跟他较真，使他活得舒舒服服，轻轻松松，犹如散步云中。为此，首先需要钱。

小寺 （这段长长的对白期间，始终在考虑什么）唔……对，是的。我总得干点什么。我必须使草门家族重新兴旺发达起来。

（绫子进来，看到小寺身影，猝然一惊）

绫子 呀，本以为您回去了。他们也都退场了。

小寺 夫人，这并非我放心的时候。出大事啦！

绫子 怎么回事？

小寺 家中财产除了这栋住宅和书画古董之外，一切都无法保留啦！

绫子 啊！（长久地）我该怎么办呢？要是丈夫听到这件事……

小寺 山口君，我想同夫人说说家里的事情。对不起，你先回去睡觉吧。

山口 好的。不过……

小寺 （包上一些小钱）你辛苦了，剩下的我来管，不用担心。

山口 （微笑着退回钱包）那我走了，我不要东家一文赏钱。好吧，你们慢慢谈吧，晚安。（下）

小寺 唉，真是个顽固不化的老古董。

绫子 （一直在微笑）你在这里就像是主人，可以为所欲为。

小寺 是的，今后我必须凭借一己之力拯救草门家族。

绫子 你和这个家族无缘无故啊……

小寺 是的。还有，无论如何，我必须获得夫人的协助。

绫子 但并没有托付于你啊。如果只剩下这座宅邸，那就卖掉宅邸，搬到小些的住宅居住。要是那样，我丈夫……（激动地）啊！对于丈夫来说，无论如何，他都必须有四季鲜花开放的宽广的庭院、延伸到任何一处的长廊、光辉灿烂的洋馆，还有五十名佣人。

小寺 （嫉妒地）对不起，你认为，自己对子爵的爱情是夫妻之爱吗？

绫子 （作色）你！

小寺 那不能说是一个妻子的爱。更明白地说，那是一个护士对病人的爱。

绫子 （抑制愤怒）你，你以为一旦成为这个家族的救世主，就可以信口开河吗？

小寺 如今这个局面，感情是没有用的。对于我来说，明白地告诉您，这是千载难逢的机会。但是，我出于救助，并不想乘机占有这个家，我丝毫没有这样的野心。（从怀里掏出支票簿）好吧，在这张支票上填上五万日元，假若每月四千日元，可够一年使用。我急如救火。剩下的，倘若委托重建，我还可以支付一笔钱，足够您一年的生活费用。

绫子 这么多钱！

小寺 不是借贷，是白送。（填写支票，递过来）

绫子 五万日元，这么多钱！你到底想要什么？

小寺 即使常在深闺，也知道白拿的金子很可怕。我所期待的是，立即当场……

绫子 哎？

小寺 就在这里，我立马想要您的身子。

绫子 啊！（惊愕之余，失去平衡）

小寺 （不失时机地）不，不是长期交往，只是一度欢合。眼下就……

绫子 小寺君！你在胡说些什么呀？

小寺 我想您想得很久了。高贵而美艳的妇人，冰清玉洁，香色动人。黄昏里夕颜花似的美肌……还有您那冷峻而姣好的面颜，您全然的脱俗，犹如彩锦般冷媚，又如彩锦般温柔。所有这些，我在深夜里多次梦见。好容易机会来了，只需一次就行。

绫子 生来受到如此的羞辱……啊，听到这样的话真想一死了之。

小寺 为什么？为什么？谁也不知道。就像黎明前的骤雨……

绫子 够了，够了，不要再说了！

小寺 这样一来，您的丈夫就会安全无虞，又能过上以往和平的日子。

绫子 不会有第二次的和平了。如果一旦做了那样的事……啊，那是多么耻辱的事！

小寺 您说是耻辱，您把我看作猪狗，那么您也是同类。您瞧不起我这个看门的……

绫子 不是，我根本没有这样的想法。我一直认为你是一个可以信赖的身强力壮的男人，我很尊重你。但听到你说出这样的话来，已经……坦白地说吧，小寺先生，我有贞操，我把女人的贞操看得比什么都重要。

小寺 贞操？您在做梦吧。您为那孩子般的丈夫的空壳保持贞操……

绫子 您胡说什么？不原谅你哦。

小寺 您再说一遍“不原谅你哦”。咳，这是贵妇人的语言，天生丽质的人才能说出的语言。我很喜欢这句话，请再说一次……

绫子 你竟然这样调戏我……（俯首而泣）

小寺 （不加安慰，随地转悠）好吧，好好想想吧。您要是拒绝接受我的要求，您丈夫就只能过着大杂院一样的生活，继续凋落下去，雇不起佣人。您丈夫就将日渐瘦弱，像一只秋虫。（绫子仰起脸）对这个世界不再抱有任何希望，再也看不到一张笑脸，您的安慰也毫无用处。就这样，要么得病而死，要么，我是说“要么”，悲惨地投井而亡……

绫子 竟有那样的事，请不要再说了。

小寺 我当然要说。没有奢侈，您丈夫一天也过不下去。只能是每天吵架，最后连大杂院也待不下去，或许迷茫途中，您丈夫只能去做乞丐！（朗声大笑）哈哈哈，草门子爵做了乞丐！劳苦之余，变成瞎子。腿脚蹒跚，被夫人领着，好一个富有品味的叫花子！一定能讨到很多食物。

绫子 （如同在慢慢下决心）您答应一定要振兴草门家族。你信守这一约定，对吗？

小寺 我可以大言不惭地说，我可不是那种生来阴险狡诈、撒谎骗人的男人啊！

绫子 问你一句话：您绝不怀疑我的高尚的贞操，是吧？

小寺 （喜形于色）我一次都没有怀疑过。

绫子 纵使一切为了丈夫……即使这样，也没有吗？

小寺 （满脸狂喜）当然！因为，我没有资格获得您真心的情爱。

绫子 （久久地）……答应您，这张支票我收下了。（塞进衣带）

小寺 啊，阿绫！……

绫子 不是自家人，不许喊阿绫。

小寺 那该称您什么呢？

绫子 （初绽笑颜）叫夫人。

小寺 就这样。眼下……

绫子 （随即）什么也不要说了。庭院尽头有个小池塘，塘畔有座西式厢房。夏天酷暑季节，我都住在那里。如今那地方正逢杜鹃花开，月夜里看起来，似乎白雪斑斑。（从管家的抽屉取出钥匙）这里正巧有厢房的钥匙，作为支票的还礼，送上这把钥匙。你可以从假山这边过去……今晚这边的道路月明如昼。

小寺 您呢？

绫子 我从假山后面过去……

小寺 一个人走黑路？

绫子 我害怕月光当头……今后，我也应该学会走夜路。

——**道具回转**

第三场

原西式房间，一切同第一场。鹿子木独自一人，茫然地坐在沙发上。不一会儿，头发繁乱、睡眼惺忪的繁子，自上首上，用壁炉台上的镜子匀匀脸。远方鸡鸣。

繁子 这是头遍鸡鸣。天还没亮，大家都回去了吗？都是些没主意的人啊。（这回将裙子挽起，露出袜带）

鹿子木 在您呼呼大睡的时候，发生了一件大事。

繁子 （走向沙发）挺有趣啊，什么大事？

鹿子木 （避免她坐在身边）哇，满口酒气。

繁子 对不起。（仍然坐在他旁边）

鹿子木 大事到底是大事，惊天动地。但从民众的角度看来，不过是杯中风浪。

繁子 究竟是什么大事？快说呀。

鹿子木 您可不要惊讶，十五银行破产了。

繁子 什么……十五银行怎么啦？

鹿子木　没办法呀，您和我，从明天起，一切都无法再奢侈了。

繁子　是吗？提点水过来好吗？

鹿子木　好的好的。（起身拿来水壶，往杯子里倒满水递给她）

繁子　你在说什么呀？怎么，十五银行破产了？

鹿子木　府上的存款都在那家银行里吧？

繁子　唉，是的。我想起来啦。丈夫的遗产都存在那里了。

鹿子木　那些钱一个早晨全部消失了。什么也没有了。

繁子　都消失了？啊，太好啦！我从今天起就没有一文钱啦？

鹿子木　是啊。

繁子　啊，太好啦！我终于变成一个真正的老百姓啦，一个不属于任何地方、谁也不是的一介平民。自今日起，不管干什么，都无须受任何人指使。我是个凭借财产而获得爵位的人，我要立即返还爵位。啊，我也可以做一名咖啡店女侍了。女工、打字员，还有舞女，样样都行。啊，长久的梦幻般的生活，美好的鱼儿般活跃的民众生活，已经来到面前啦！（她在作出这些对白的时候，杯子已被第二次倒满水）正高君，我们干杯！啊呀，水杯好奇怪呀。好了，好了，这是用来告别以往的水杯。干杯！（端起杯子一饮而尽）

鹿子木 （呆然）您哪，您可以那样做。不过，我的姐姐该怎么办？她还拖着一位爱奢华的弱不禁风的姐夫。您想过没有，他们将来要怎么办呢？一想到这里，我就……

繁子 绫姐到哪里去了？

鹿子木 从刚才我就一直没看到她，真叫人担心。

繁子 这里的情景，殿下知道吗？

鹿子木 刚才您一直躺着。这种事怕他听到，绫姐一直担心着呢。

繁子 （又继续匀脸）小寺先生回去了？

鹿子木 嗯，阪内伯爵对小寺很生气，大骂了他一顿："滚回去！滚回去！"

繁子 他说了不该说的话吧？不过他也太失礼了，把伙伴撂下不管，自个儿回去了。要是以往，是要受到惩罚的。哎，您不觉得这个小寺先生，是个富有忧郁魅力的人吗？

鹿子木 他的生活、他的能量，以及处理事务的才能，的确很优秀。我很尊敬他。

繁子 确实在社会上找不到第二个了。那个人具有卑微的魅力……尽管如此，正高君，依我看，你姐姐倒是执迷不悟。那样的丈夫哪点好啊？十五银行一倒闭，绫姐受到的打击，要比子爵大得多。这座广阔的宅邸，纵然有绫姐加上二十名女佣，但她们之中只有绫姐一人最关心。这件事她瞒着不说，一切也都是为了殿下……

鹿子木 （愠怒，一概不让她再说）绫姐不是那种人。绫姐的心情，你这样的人永远都不会理解。她是来自古代绘画中的无比贞淑的夫人，是一位活在今世的奇女子。

（二人沉默。——这时，下首传来手枪

响声）

繁子　啊呀？

鹿子木　这是什么？确实是手枪声……

（二人如被咒语缚住，动弹不得）

鹿子木　假若绫姐……

繁子　（指着上首）你到那边找找，我看看这边……

（鹿子木走向上首，繁子跑向下首，舞台暂时空白。鸡鸣不已。不久，鹿子木从上首奔上）

鹿子木　繁姐，繁姐！那里不见一个人影。（高喊。繁子手拿纸片，自下首急上）

繁子　不得了啦！出大事啦！子爵，你姐夫……

鹿子木　哎？

繁子　他在卧室里自杀……已经咽气了。（说着，瘫倒在沙发上）

鹿子木　你说什么？姐夫，他……

繁子　这是枕边的遗书。（递来纸片）

鹿子木　呀，鲜血淋淋。（接过纸片）上面写着：绫子啊，再见了。我在背后听到十五银行破产的消息。已经没有生存的希望了。我虽然过着柔弱的女人般的日子，至少最后死时总得像个男人。我使你受尽辛苦。你深深爱着我这样的人，我也打心眼里敬慕你。我真心对你说，在我死后，你不要丝毫犹豫，应该找一个有缘分的人结合，早日把我忘掉。草门家族的症结出在我身上，我有个花钱如流水的女人，这个女人和你不同，她是个绝不爱我的女子。

繁子 啊！……

鹿子木 对啦，我要尽早找到绫姐，把这些都告诉她。

繁子 绫姐！绫姐！你在哪儿？

鹿子木 哦，对啦，还有后院的厢房那里……（一手抓住遗书，自上首跑下）

繁子 正高君，我也去。你不要把我留在这儿！太可怕啦，太可怕啦！

追踪而去。——道具转换

第四场

上首小洋馆，窗灯明丽。中央西式小水池，左右皆有石阶。背景是森林，随处生长着八重樱花树。白色杜鹃，繁花满眼。舞台深处传来鹿子木和繁子的呼喊：“绫姐！绫姐！”呼声渐近。

鹿子木 啊，灯亮着哪！果然在那里。

（二人抵达洋馆，连续敲门，呼叫：“绫姐，绫姐！”门开，绫子出现）

鹿子木 绫姐！

（双手欲抱，看到绫子身后的人影，遂后退。小寺出现于绫子身后）

繁子 哦，小寺先生！

鹿子木 （强忍愤怒）绫姐，姐夫死了，是自杀。这是遗书。（将纸片杵过来，绫子接过）

绫子 （神志恍惚）啊？（瞬间，慌忙正欲奔下。想到背后小寺，猛然停止）

鹿子木 怎样，凭这副身子，还能去见圣灵？如此被玷污的身子！绫姐，看着我的眼睛！不敢看，是吧？因为你内心有愧。纯洁的绫姐已经死去！你都干了些什么呀？就在姐夫自杀的那会儿，那时，那时……啊，比起姐夫，我更感到被人背叛了。你真是无情无义的女子！我看错人啦。（哭泣）

绫子 （回到窗灯下，读遗书，凝神思考着什么。突然面向小寺）小寺先生……

小寺 哦？

绫子 子爵死了，我用你救助子爵的金钱作为交换，任你毁掉我的贞操。这一切都白费了。你懂吗？

小寺 ……

绫子 所以，现在我要告诉你，你就是卑劣的禽兽！生来卑贱，乘人之危。你凭借肮脏的嘴巴造谣撒谎而积攒下了钱财，用一双从你老子那儿遗传下来的轻佻放荡、顽固丑陋的泥足，粗暴地踏碎了最贵重、最美丽的东西。（转向繁子）繁子妹妹也看到了，这也好。我们家族雇佣了一名很好的看门人。这位看门人、小偷、杀人犯，他什么都干得出来。

小寺　眼下你都说些什么呀……

绫子　住口！你是罪犯。不，你适合一辈子过着那种满地爬行的蛆虫的生活。你是专门利用别人的弱点而获得成功的家伙。你有这样的奢望，你犯下滔天罪行。你最好死掉。（这段念白中，小寺无力地走下石阶，中途坐在石阶上，耷拉着脑袋）你干出这等可怕的事情，你代替子爵死了才好……不，你还会厚颜无耻地活下去。你那恬不知耻的天性，是你祖上赐给你的礼物。

繁子　小寺先生，你没话说吗？没出息的男人。子爵暗中也有女人。

小寺　哎？

繁子　绫姐在自己一无所知的情况下，为了赚回子爵投于那个女人而失掉的金钱，才甘心委身于你的呀。

绫子 繁子妹妹！（两个女人激烈对视）

繁子 小寺先生，打起精神来！对于这位高傲的贵妇人，永远都不要纠缠。你知道绫姐为何如此愤怒吗？她在为遭受子爵的背叛而生气，才冲着你发火的。

绫子 看你想到哪儿去了。（从腰带中掏出支票，交给小寺）喏，这个还给你，好好拿回去吧。今后不许在我面前露脸。我一辈子都……对，我的前路虽然还很长，但我一生都不愿再见到你。

（天色渐渐明亮）

小寺 （仔细瞧着接过的支票，思虑着）这个呀，夫人，听我一句。你这样把钱还给我，而我也得到了我想要的东西。（开始冷笑）这样一来，就等于说——

绫子 怎么？

小寺 与其说你爱金钱，不如说你更宝贝你的丈夫，才委身于我的。但现在不了。你把钱还给我，那就等于说——如果可以说——你是单为爱情而献身于我的。

绫子 （狼狈）真是奇怪的逻辑……

小寺 这么一来，又回到原来那种情况，你一生只为丈夫着想，才忍受了一时的羞耻。你可以这样告诉你自己。（把支票递回）

鹿子木 （下定决心）对，对！小寺先生说得有道理。绫姐，还是把支票拿回去。倘若这样，我也收回我刚才的粗暴言语。有些事，我也逐渐明白了。好吧，绫姐！（说着，站到二人中间）

绫子 不！（注视着小寺）还回去的东西就是还回去了。

鹿子木 绫姐，这是个面子的问题。和社会上的面子相反，至少在你一个人心中……

绫子 不，正高弟弟。（亲切地）我不能收下。

鹿子木 那么就像小寺先生所说的，你只是为了爱情……

绫子 随你怎么想象吧，反正我说了，这一辈子我再也不想见他。不过……

小寺　（乘势追击）要是你非要还回支票，我可以放置不管，我总有办法使它再回到你手里。

繁子　（敏感地）小寺先生！你……

小寺　是的。今后，我要求绫子小姐和我结婚。殿下去世了。殿下有女人。绫子小姐同我结婚，有着充分的理由。

繁子　啊，一个普通百姓，随你怎么讲吧。

小寺　好吧，绫子小姐，一切都一笔勾销吧。跟我走吧。我将无所顾忌地带你到婆罗洲去。我是个可以充分给你幸福的男人。新婚旅行可以乘船，到我的橡胶公司所在地婆罗洲打猎去吧。我将使你的生活为之一变！一个明朗而有希望的人生即将开始。

繁子　啊，她虽说痛苦，但内心还是喜欢你。

绫子　不行……我不要……

小寺　我可不是个说话不算数的人。

绫子　不行……不行嘛。

小寺　为什么？为什么不行？

绫子　（郁闷地）眼下，我把支票还给你。我这一生再也不愿看到你。

小寺　说来说去都是一样的话。

绫子　不，不是一样的话。请你弄明白。（一直盯着小寺）我和你之间，不存在金钱问题。

鹿子木　（绝望地）那么说，你还是……

小寺　阿绫！

绫子　哎，你只管喊我阿绫好了，我答应你这样做。……不过，请你好好想一想吧。一派白雪般的杜鹃花丛上，朝阳照射下来。白色的杜鹃花犹如少女涨红面颊，我余生都不会忘记今天的早晨。子爵去世的早晨，小寺先生，我被你紧紧抱在怀里的早晨。生与死变得那么亲近，又是我被生拥抱的早晨，而我过去，却是一直待在死亡一侧啊。这样的早晨，即使想忘掉也是不可能的。你也一直记住它吧。白色的杜鹃花瞬间沐浴在晨光之中，遍染薄红的早晨。人一生很难再遇到这样的早晨了。

小寺　那么，你……

绫子 好吧，再见啦。这样的早晨，并非每天都有。

小寺 啊，你仍然尽说些漂亮话。子爵死了，一切表面的漂亮都被毁掉啦！

绫子 是的，然而，我始终立志生活在体面之中。

小寺 （长久地）我明白了。（收起支票）好吧，失陪了。再也不会相见啦。

绫子 再见。

小寺 再见。

鹿子木 小寺先生，请带我去婆罗洲吧。我对旧世界已经厌恶。绫姐，我只把美丽的你藏在心头。我将去遥远的地方，开辟新的人生！

绫子 你还年轻，去吧。

鹿子木 小寺先生，拜托啦。

小寺 好的，我接受你。

鹿子木 谢谢。

繁子 小寺先生，你不想同我结婚吗？我已成为一介草民了，你到哪里我就跟你去哪里。

小寺 谢谢您的厚意，但我还是婉言拒绝。我讨厌草民这类人。

繁子 啊，为什么？

小寺 为什么？因为我就是草民。

（小寺和鹿子木撇下呆然若失的繁子，踏上花道[1]）

绫子 再见。

小寺和鹿子木

再见。（退场）

繁子 啊，好困啊！细想想，从昨天起就没有合过一次眼。绫姐，找个房间让我睡一下吧。

绫子 请自便。

繁子 好吧，回头见。哦，真怪，为何感到这么困呢？……（说着，走向下首。鸟鸣喧嚣。绫子独自一人，站在池畔，凝神静思。管家山口自下首上）

山口 夫人，您来这里了？早安。

绫子 早安。

---

1 歌舞伎剧场连接舞台、纵贯观众席中央的通道，供观众为演员祝贺、送花，或上下场使用。

山口　何时用早点呢?

绫子　（手里紧握遗书）你什么也不知道吧。

山口　啊，出了什么事?

绫子　算了。对了，早餐还是平常的时间。殿下也……（暗泣）殿下回头还要休息的。

山口　好吧，那么，一切照旧……

绫子　是的，一切都照旧，永远保持原样不变。

——**全剧终**——

作者的话

关于《早晨的杜鹃花》

寄自遥远的美国东海岸酒店的信。一到美国，就发现酒店及古老的富豪宅邸等，富于维多利亚王朝式样、具有十九世纪趣味的建筑实在很多。自认为现代人的大众，不屑叫一声维多利亚风格，直接冠以ugly[1]一词，称为“丑陋的维多利亚式样”。然而，依照日本人看，这种风格象征古代西洋，最引人怀想，绝不是什么ugly。《早晨的杜鹃花》就属于这种维多利亚王朝风格的戏剧，一幕古色古香、洋溢着十九世纪趣味的戏剧。

1　英语：丑陋。

歌右卫门丈[1]说过，使得漂流于身边的氛围原样复活，自然就会出现此种戏曲所追求的表达手法。幸获配角演员伊志井宽，还有长冈辉子女士等。我从纽约的天空送上一份祝福，愿这个班底获得成功。

新派蓓蕾会共同演出日程·昭和三十二年（1957）八月

1 袭名歌舞伎演员，此处疑指五代目（五世）（1866—1940），明治到昭和年间活跃于舞台上。1875年（明治八年）被四代目中村芝翫收为养子，名为儿太郎。经福助时代，1911年（明治四十四年）袭名歌右卫门。近代代表性花旦演员，梨园名声远播，迷倒一代观众。“丈”是对歌舞伎演员的尊称。

译后记

这几年，国内出版界对三岛由纪夫备加青睐，多家出版社竞相出版三岛作品。以前，我仅翻译过他的一两篇散作，从《雅典》（选自《阿波罗之杯》）等文章中，初次感受了三岛文学的醍醐味，这回翻译《萨德侯爵夫人》等三岛戏剧，进一步为三岛文学丰盈华美的舞台语言所打动。

二十世纪中叶，日本文艺界活跃着几位颇有影响的文学家、艺术家——川端康成、井上靖、三岛由纪夫和东山魁夷等人。这些人都是“美的无餍的追求者，美的猎人”（东山魁夷语）。川端追寻传统美，井上追寻历史美，东山追寻自然美。他们的人性“底色”上又共同沉潜着一种浓重的亲情美。

三岛由纪夫受浪漫主义文学影响，追求怪异美、终极美、变态美。随笔《雅典》最能体现三岛文学的这些特色。他写道："可以毫不夸张地说，我在巴黎看厌了左右对称的东西。不用说建筑物了，即使政治、文学、音乐、戏曲诸方面，法国人所喜欢的节度和方法论的意识性（不知能否这样说）等一切方面，都以左右对称而引以为自豪。其结果，在巴黎，'节度的过剩沉重地压抑着旅游者的心胸'。"

而一到希腊，他就沉醉于"无尽的酩酊之中"。他热爱那里"绝妙的蓝天，绝妙的风，热烈的光线"。他坦白说："我之所以讨厌巴黎，不喜欢印象派，全是因为那里温和而适度的阳光。"

著名评论家山本健吉说过，三岛初期作品有"美辞丽句泛滥"的倾向，单从戏剧作品也可以看出，这一特点一直贯穿他终生的创作。照他本人的话说："越是最卑劣、最残酷、最不道德、最污秽的人事，越是要用最优雅的语言叙说出来。在这一计划中，我对于语言的抽象性和语言的净化力充满自信。"（《〈萨德侯爵夫人〉再度公演》《每日新闻》

1966 年)

三岛戏剧在日本和国外颇受欢迎，久演不衰，为什么会有这么大的吸引力呢？老实说，我有些茫然不知。至于三岛为何要创作戏剧，作者在《自作解题》的有关篇章中已分别作了说明，希望读者朋友在阅读三岛剧作之前，先看看《自作解题》里的文章，也许会解除诸多疑团和误会，有助于对作者写作意图的正确认识。

就我初步的体会来讲，三岛文学（包括戏剧）的魅力，不在于人物和事件，而在于语言表现的艺术。为了状写一种意象，三岛不惜倾其所有语言库存，反复吟咏、仔细涂抹，甚至失之臃肿、复沓，然而这种臃肿和复沓的语言茂草丛中，却时时摇曳着诗意的鲜花。

一本剧作成功与否，很大程度决定于语言，也就是台词。翻译同样如此。但戏剧是综合性的舞台艺术，目前的译本比较适合于阅读，要是拿到舞台上演出，还有赖于导演、演员、服装设计以及舞台装置等诸多方面的共同努力，才能获取成功。

对于戏剧，译者毕竟是外行，译文不足之处诚请有关专家和爱好戏剧的朋友多多指教。

陈德文

二〇〇九年六月梅雨时节

作于春日井高森台

二〇二〇年十二月修订

女人的勋章，

不是那种金银宝石冰冷而死寂的勋章。

这是鲜活的勋章，

是穿过每天的晨霜，越发光明闪耀的勋章。

图书在版编目（CIP）数据

鹿鸣馆 /（日）三岛由纪夫著；陈德文译 .—沈阳：辽宁人民出版社；桂林：广西师范大学出版社，2021.3（2023.10 重印）

ISBN 978-7-205-10073-5

Ⅰ.①鹿… Ⅱ.①三… ②陈… Ⅲ.①话剧剧本—日本—现代 Ⅳ.① I313.35

中国版本图书馆 CIP 数据核字（2020）第 263317 号

出版发行：辽宁人民出版社

地址：沈阳市和平区十一纬路 25 号　邮编：110003

电话：024-23284321（邮　购）　024-23284324（发行部）

传真：024-23284191（发行部）　024-23284304（办公室）

http://www.lnpph.com.cn

印　　刷：北京华联印刷有限公司

幅面尺寸：105mm × 148mm

印　　张：3

字　　数：70 千字

出版时间：2021 年 3 月第 1 版

印刷时间：2023 年 10 月第 4 次印刷

责任编辑：盖新亮

特约编辑：徐　露　任建辉

装帧设计：COMPUS · 汐和

责任校对：吴艳杰

书　　号：ISBN 978-7-205-10073-5

定　　价：28.00 元